Théâtre contemporain de langue française

Philippe Minyana

La Maison des morts

Noëlle Renaude

Promenades

コレクション 現代フランス語圏演劇

04

フィリップ・ミンヤナ

亡者の家

訳=齋藤公一

ノエル・ルノード

プロムナード

訳=佐藤 康

日仏演劇協会・編

れんが書房新社

本書は下記の諸機関・組織の企画および協力を得て出版されました。

企画：東京日仏学院

協力：フランス元老院
アンスティチュ・フランセ
SACD（劇作家・演劇音楽家協会）

L'INSTITUT
東京日仏学院

Cette collection *Théâtre contemporain de langue française* est le fruit d'une collaboration avec l'Institut franco-japonais de Tokyo, sous la direction éditoriale de l'Association franco-japonaise de théâtre et de l'IFJT

INSTITUT FRANÇAIS SACD la culture avec la copie privée

Collection publiée grâce à l'aide du Sénat français, de l'Institut français, et de la SACD

目次

亡者の家／プロムナード

亡者の家

プロローグとエピローグのある
俳優と人形のための六楽章に分かれた戯曲

作―フィリップ・ミンヤナ／訳―齋藤公一

＊文中の〔　〕は訳注。
＊線で囲まれた部分は上演時にパネルに映し出されたものである。

プロローグ

マネキン人形
声
婦人警官
グロ
カール
セル
カジェット

プロローグ

後に続く話とは直接関係はない、ではあるが！

（舞台上に、殺害された少女アンヌ・クリステルを表わすマネキン人形がある）

1

声　ダレガ　アンヌ・クリステルヲ　コロシタ

婦人警官　（登場しながら）ゲンバケンショウ

（カール、グロ、セル登場、幽霊のような三人。ほとんどいつも「声」に向かって話しかける）

声　ダレガ　アンヌ・クリステルヲ　コロシタ

婦人警官　ゲンバケンショウ

グロ　カールが女の子の首んとこカッターあててカールに吠えて女の子の首切った
それで倒れた

カール　セルだよ女の子の首にカッターあてて首切ったのはグロは両方の目で見てたセルが女の子の首切っちゃうのそれで女の子倒れた

セル　グロが女の子にカッターあててカールとグロが一緒にカッター持って女の子の首切ったオレ怖くなって逃げた

声　ダレガ　アンヌ・クリステルヲ　コロシタ

（婦人警官退場）

2

声　ダレガ　アンヌ・クリステルヲ　コロシタ

婦人警官　（登場しながら）ゲンバケンショウ

マネキン人形　ゲンバケンショウ

カール　（マネキンを指しながら）これマネキンだ

グロ　オマエを両方の目で見てたそれから缶ビール飲んでて見てなかったけどあちこちちょこちょこ動き回っているうちにオマエの叫び声が聞こえた

カール　カッター持ってたのは
オマエだよ

（セルを指す）

セル　カッター持ってたのは
オマエだよ

（グロを指す）

グロ　カッター（動揺して）カッターカッター

声　カッターハダレノダ

カール、グロ、セル　（一緒に）オレのだ

婦人警官　抜け目のない奴らだ

（婦人警官退場）

3

声　サイショカラ　ヤリナオシ

婦人警官　（登場しながら）サイショカラ　ヤリナオシ

声　ダレガ　アンヌ・クリステルヲ　コロシタ

（カールはグロを指し、グロはセルを指し、セルはカールとグロを指す）

声　ダレガ　アンヌ・クリステルヲ　コロシタ

カール　グロだよ

グロ　セルだ

セル　カールとグロだ

（婦人警官退場）

4

声　ダレガ　アンヌ・クリステルヲ　コロシタ
セル　夜だったなオレたち缶ビールを飲んでた歩き回ってブツを隠すところだった
声　ブツ
婦人警官　（登場しながら）どんなブツ
カール、グロ、セル　ブツだよ

（婦人警官退場）

カール、グロ、セル　歩いて歩いて歩いた
マネキン　ゲンバケンショウ
カール　またオマエか
グロ　何やってんだ
セル　オマエ死んだのか死んでないのか
マネキン　ゲンバケンショウ
婦人警官　（登場しながら）現場検証
カール、グロ、セル　（一緒に）あの子クドゥマ〔車〕の中で寝んねしてた
　窓ガラスを叩いたんだ
　目覚ました

ニコッとした
ドア開けた
ママは買い物よって言った
でゲットしたんだ

（動揺する）

声　ダレガ　アンヌ・クリステルヲ　コロシタ
婦人警官　カールとグロとセル

（婦人警官はカール、グロ、セルを指す）

カール、グロ、セル　（わめいて）チゲエ
声　ナニガオキタ

（動揺。婦人警官が近づきカール、グロ、セルの耳にささやく）

婦人警官　「馬鹿なことをした」
カール、グロ、セル　（言えと言われたことを繰り返して）「馬鹿なことをした」

（婦人警官、ささやいて）

婦人警官　「アンヌ・クリステルを殺した」

カール、グロ、セル　（同じく）「アンヌ・クリステルを殺した」

（動揺）

セル　（婦人警官を指し、「声」に話す）こいつオレたちの耳にささやくんだ

声　ダレガ　アンヌ・クリステルヲ　コロシタ

（動揺）

声　ダレガ　アンヌ・クリステルヲ　コロシタ

婦人警官　カールとグロとセルだ

（婦人警官退場）

カール、グロ、セル　いい気になったんだ

（短い間）

すごいことやったって

（短い間）

「事件」新聞にそう出てた

（動揺）

すごいことやったっていい気になった

マネキン　ゲンバケンショウ　ゲンバケンショウ

5

（カジェット〔小さな籠〕という名の男が婦人警官の差し出した、ビニールに包まれたカッターをじっと見ている）

声　これはあなたの

婦人警官　これはあなたの

（動揺）

カジェット　チゲエよ

声　これはあなたのだ

婦人警官　これはあなたのだ

（カジェットは改めてビニールに包まれたカッターをじっと見る。動揺）

カジェット　チゲエし

声　いらいらしてくる

婦人警官　はっきりと言いなさい「そうですこのカッターはオレのです」って

（カジェット、同じ仕草、カッターをじっと見る）

カジェット　チゲエったら

（動揺）

声　オレのじゃない
　　ダレガ　アンヌ・クリステルヲ　コロシタ

（動揺）

カジェット　オレだ
婦人警官　吐いた

（動揺）

アンタは殺人者だ

（婦人警官退場）

カジェット　アタマおかしいよ

（動揺）

声　ダレガ　アンヌ・クリステルヲ　コロシタ
カジェット　この土曜日は実際ヒドい日だった
そんで缶ビールを自分たちに「ごちそう」ってわけ
だからと言ってオレたちがケツの穴みたいなろくでもない野郎だってことは
忘れることはできないけど

（動揺）

オレたちの母親たちは必死だったんだ
一緒に暮らしてるオトコは癌になるし
ものすごい苦労して
オレたちの苦労は「ヤッパでかかった」
それに「教育課程」あの上等な「教育課程」
つまり例の「教育課程」とはちがう
ケツの穴みたいな野郎たちのものじゃなかった

（動揺）

オレたちはもめ事がすき「だった」

（動揺）

恥ずかしいよ

ここにいるのがよ

（動揺）

6

婦人警官　（登場しながら、カジェットに）あんたが殺したんだ

カジェット　ダレヲ

婦人警官　アンヌ・クリステルを

マネキン　ゲンバケンショウ

（カジェットはマネキンに投げキスをする）

カジェット　オレはキスをする

婦人警官　ゲンバケンショウ

（カジェットにカッターを渡し、カジェットは現場検証のためにマネキンの方へ向かい、カッターをマネキンの首へ、それから自分の首へ当て、喉をかき切る仕草をして、倒れる）

婦人警官　（面白がって）そんなばかなそれオモチャだよ

（動揺。婦人警官退場。カジェット立ち上がる）

7

声　ダレガ　アンヌ・クリステルヲ　コロシタ
カール　やったアタイひとりでカッター
嬢ちゃんの首んとこひとりで切った
アタイひとりでやった
できたよあの子をやったよ
アタイひとりでやっちゃった
声　ダレガ　アンヌ・クリステルヲ　コロシタ
セル　やったオレひとりでカッター
女の子の首んとこひとりで切った
声　つづけてつづけてつづけて
セル　やったオレひとりでカッター

女の子の首んとこひとりで切った
オレひとりでやっちまった

カジェット　やったオレひとりでカッター
女の子の首んとこひとりで切った
オレひとりで右のパンチを
あの子の口にそんで指を
ちっちゃな尻に
ひとりでやっちまった

声　ダレガ　アンヌ・クリステルヲ　コロシタ

〈プロローグの終わり〉

第一楽章

三つ編みの女
小声の夫人（三つ編みの女の母親）
杖の男（三つ編みの女の父親）
みすぼらしい男（三つ編みの女の兄）
エディ（隣に住む男）

リリー・オルン（隣に住む女、エディの母親）
ココ・アルドリッシュ（リリー・オルンの兄）
犬のタボール
声

1 悲しみ

家のなかでは、娘一人とその両親が昔ながらのわびしさに包まれ、ものごとに頓着せずに平凡な日々を送っている。

（小声の婦人すなわち母親が登場）

これが母親。過去に浸り、自分の夢のなかに生きている。現実について何かを知っているのだろうか？

（退場。
杖をついた男すなわち父親登場）

これが父親で、まさに悲しみに沈んだ人物

（退場。
みすぼらしい男すなわち息子が登場）

これが息子で、父親同様、悲しみに沈んだ人物

（息子退場。
窓にココ・アルドリッシュ、リリー・オルン、エディ、犬のタボールが現れる）

夕方前のはっきりしない時間、隣人たちと犬が登場、あらゆる点で家のなかにいる人たちに似ている。

（全員退場）

1

（髪を三つ編みにした女、登場。手紙を持って来て開封する）

娘登場。年齢不詳で若作りのオールドミス、もう実家から出ることもなく、雇い主から手紙を受け取っているが、何をしてもむだ、日々の生活を営むことができない。

（三つ編みの女、手紙を読む）

声　拝啓マドモワゼルフン三月二十日付けのお手紙受け取り内容を拝見させていただきましたあなたの現在の状況に関する詳しい情報をフンお寄せくださりフンありがとうございます復職のご希望記憶に留めさせていただきます

2

ずいぶん時間が経って

（三つ編みの女、別の手紙を読んでいる）

声　拝啓マドモワゼルフンあなたは四月十八日付けの手紙によってご自分の状況に関するいくつかの問題をＵＳＴＡの管理部門に提訴なさいましたしたがってあなたに詳しい情報をご提供するためにあなたに来ていただくことになりましたがフンあなたがまだいらっしゃっていないことを確認しました

3

ずいぶん時間が経って

（三つ編みの女性、ベッドに腰掛け、手に手紙を持っている）

声　マドモワゼル

三つ編みの女　拝啓がないわ

声　当方の五月五日付けのフン書留の手紙の後であなたは五月九日そして十三日と二通の手紙を送ってくださいましたがやはりあなたは相変わらず健康診断書の提出もせず当日いらっしゃらず職場放棄の状態にあります健康診断書の提出もせずしたがって怠慢による予想外に長引く欠席をなさっているためにあなたには付帯契約に従っていただくことしかお願いできませんUSTAとあなたをつなぐ絆が切れてしまうおそれがあります

三つ編みの女　月も半ばの真ん真ん中――
この体質が要するにどちらかと言うと――
わたしたちはどちらかと言うと船にしっかりと固定されているわけね
親方もなしにわたしが言っているのは親方もないってこと
つまりあんなに休んで
うっかり休んじゃったんで
USTAの事務所に行けなくなったのよ
ドアを開けたバタンと開けて
ヘトヘトになってまた閉めなくちゃならなかったわ
心も嵐のようで怪物のようになった体をもう支えてられなかったのよ

あのちっちゃなブドウ球菌よ——
でも信じられないくらいクタクタだったけど
またやるつもりだったのよわたしの（わたしの仕事を）——
でもだめ——
ブドウ球菌が我がもの顔してたら——いや、そうじゃない——
胸が張り裂けそうだったの可哀想だと思ってゆるして

小声の婦人すなわち母親が登場。

（母親は椅子に座る。長い間。村の騒音が聞こえて来る。雄鶏や雌鶏の鳴き声、要するに鶏小屋の喧噪）

小声の婦人　神様がご覧になってるよ

（豚、牛、犬、羊による騒音とさまざまな呼び声）

わたしたちこのクソのかたまり二つがここにこうしている

（二人の女は際限なく笑う、息が切れるほどに、それからまじめな表情になる。新たに、間。村の騒音が止む）

そうよ好きだったのそう窓を大きく開けたとき
外の空気がヨードが
わたしはジャムを作っていたわたし美人だったのよ
何にでも期待に胸をときめかしていたそしてあなた
あなたはジャムのなかに指を入れてなめていたわ
幸せなときだったと思うわでも
あのとき幸せなときだったのかしら
あんなに幸せなときちがうわはっきり言うわちがうって
結局はよく考えてみれば
わたしたちは自分が何を知っているかは知っている

（小声の婦人は息切れするほど笑い、それから静かになり、そして退場）

4

ずいぶん時間が経って

（三つ編みの女、あいかわらずベッドに腰掛けている。となりに住んでいる体格のよい若い男エディが窓に現れる）

エディ　おおデブい女

（彼は三つ編みの女に大きな手を振るが、彼女からの反応はない。遠くにエディの母親リリー・オルンが息子を呼ぶ声が聞こえる「エディ、エディ、エディ」エディ姿を消す）

5

ずいぶん時間が経って

（三つ編みの女、ベッドに腰掛け、手に手紙を持っている）

声　マドモワゼル十二月六日付けのあなたの手紙への返信として同封の証明書をご覧になっていただきたいそれはこの一年の一月一日から十月三十日まであなたが維持に努めてきた業務を停止させた状況に関するものですこの持続した業務によってあなたは該当の期間に実働時間を集計して報酬を得ることができました健康問題に関してあなたの誠意が問題となってはいないことを留意してください

三つ編みの女　ブドウ球菌なのよ

（小声の婦人、あたふたと登場、はしゃいだ女の子のように笑い、羽毛のシーツや布団、枕を放り投げたり、叩いたり、元に戻したりながら、ウップ、ウップという音を発する。こうしたことは手早く行われる。小声の婦人は再びはしゃいだ女の子のように笑い、あたふたと退場、より正確に言えば退場する振りをする。事実、彼女は娘である三つ編みの女をこれから見張る)

そうなのよわたしは丈夫な体質なの――だってあなたはたくさんのこと耐えているんですもの――そうその通りわたしはたくさんのことに耐えている――どんなことかって――耐えられないことによ――なにもかも耐えられないわ――そうなにもかも（笑い）――あなたは決して幸せじゃない――いいえ幸せです（笑い）――一般的に言ってあなたはあれやこれやに耐えられない質《たち》なのかしらあっちの男そっちの女とかなんて楽な職場なの――わたしには取り巻きがいないの（笑い）自分自身にしか取り巻かれていない（笑い）と言うよりわたしの取り巻きはすぐに取り巻きじゃなくなるだってあの人たちわたしを取り巻かなかったものわたしは輪の外にいたわ家族的な集まりだったけどわたしは蚊帳の外であの人たちは自分たちだけでサークルを作っていたほんとうのサークルじゃなかったのよ互いに行き来をしないサークルはいくつもあったわたしを呼んでくれたけど自分たちのサークルの生活をしていてわたしがあの人たちのそばでいつも同じでなければならなかったのよでも運悪くいつもの自分じゃなかったああその時あの人たちは声を上げたわたしはわたしで巧妙な企みを試そうとしたあの人たちはわたしがそうするのを見抜いていたわそれでわたしは少しはサークルへ通うようにしたけどその後もうまったく行かなくなった

（小声の婦人、娘である三つ編みの女に近づく）

あっちへ行って

（小声の婦人、取り乱した眼差しで、何かを探しているようである）

ママったらいつも分かってるんだわ来て欲しくないときにやって来て私の生活を引き立ててくれるものを必ず台なしにするんだから

（それから逆説的ではあるが、三つ編みの女はきつく言っておきながら小声の婦人を抱きしめ、愛撫する。小声の婦人も愛撫を返し、三つ編みの女に低い声で話しかけるが　何を言っているか分からない）

小声の婦人　お兄ちゃんの写真どこへやったの

（短い間。小声の婦人は問題の写真を探し始める）

三つ編みの女　なくなった写真を探し続けなくちゃならないのね
探す振りをしなくちゃならないわけ

ないのが分かっている場所をそんな場所
想像もできやしない
ねえそんな写真
なかったんでしょ
消えちゃったんだわ

（窓に女性の影）

まあリリー・オルン

（リリー・オルンはぎこちなく近づく。次に、彼女の弟ココ・アルドリッシュ）

リリー・オルン　（あんた、仕事してるんじゃないのね）
うちのロバちゃんどこ行った

（三つ編みの女とリリー・オルン、抱き合う）

うちのロバちゃんどこへ行ったのかしら

（ココ・アルドリッシュ、喉から耳障りな音を出す）

ココ・アルドリッシュ　（三つ編みの女に）こんちは
三つ編みの女　あなた泳ぎに来たんでしょ
ココ・アルドリッシュ　（喉から音を出し）泳ぎ
　ココ・アルドリッシュ　リリーの弟喉頭がん

（ココ、口を開け、喉を指差し、ひゅうひゅうという音を出し、ひどい笑い方をする）

リリー・オルン　うちのロバちゃんどこへ行ったのかしら
ココ・アルドリッシュ　ロバちゃん

（ココ、大酒を飲んだ男の身振りをする。三つ編みの女、作り笑いをする。ココ、耳障りな音を出す）

小声の婦人　（口の中で）ケレルのとこでグデングデンに酔っぱらって
リリー・オルン　カフェ・ケレル
ココ・アルドリッシュ　ケレルんとこそうね

（また、ひどい笑い。ココとリリー、遠ざかる）

小声の婦人　（三つ編みの女に向かって叫ぶ）兄ちゃんの写真くすねたなたぶん草むらか
便所に捨てたんだその前にその上に
ウンコでもしていれば話は別だけど
ドゥニ兄ちゃんの写真にウンコすることを
たくらむなんてこの子のやりそうなことだ
いったいどういうことなんだい

（三つ編みの女、「大声を出さないで」と言う。小声の婦人、猫の鳴き声のような声を出し始める、泣いている振りをするのだが、猫の鳴き声にしか聞こえない）

三つ編みの女　（小声の婦人にやさしく）（わたしが小さい頃のこと知っているでしょ）母さんの視線にわたし逃げ場を探したわそう本当よ――どれぐらい続いたかしらあの頃――うーんしばらく――そうよそれからわたしをじろっと見るようになったのよそれが――母さんの目つきったらその後でさあっと視線が振れて――なくなっちゃうそれからパチッまたじっと見るでも――視線のなかに何かがあるのよ――もう一つの視線何年も続いている視線とは関係のない視線「視線の視線」よそれからさあっと視線がまた現れてその後でもう何もなくなって横目でぼんやりと見ているような見ていないような母さんたらぼんやり見ながらブラウスをきちんとスカートの中に入れるのよ

（三つ編みの女、最後の言葉を口にしながら涙ぐむ。さらに激しく泣く）

小声の婦人　兄ちゃんの写真にウンコしたでしょどういうこと

リリー・オルン　（再び窓のところへ、弟のココと息子のエディと一緒に登場）あらいたわうちのロバちゃん

（笑う）

酒の匂いをさせるのよ
サラミくん

（リリー、エディを叩く）

酒だってば
サラミくん

ココ・アルドリッシュ　（エディの肩を叩く）この馬鹿エディ

（ココとリリー、遠ざかる。エディ、三つ編みの女へ向けて卑猥な身振り。三つ編みの女、エディに向かってつぶやく「いやらしいことはしないで」）

小声の婦人　いらっしゃいエディ

（エディ、退場。小声の婦人、鼻歌を歌う）

三つ編みの女　（小声の婦人へ）もうエディと馴れ馴れしくしないでもう二度とよ目をしっかり開けて見張っているわ見てあんなくだらないことしてあの手でコットンのズボンをしわくちゃにしてわたしの骨をさわるのよわたし骨って言ったかしら

（思わず吹き出す）

わたしの肌そう肌よわたしの――

（吹き出して、自分の体の線をなぞる）

そう離れていない海辺で、人々は腕を延ばして深呼吸し、新鮮な空気を満喫している。

三つ編みの女　要するに体をこすりつけてくるのまさにそうよ息を荒くしてお酒の臭いをさせてわたしを押し倒そうとして首を絞めてくるのそれで終わり連れてってくれないわ天国にはまあ神聖な言葉だわ

（吹き出す）

登っちゃうでしょ天上界へ神聖な言葉だこと

（吹き出す）

イヤらしいことを甘くささやくけど理性は飛んで目は白目剝いて（わたしの話聴いている）母さん二度とごめんだわ。

（短い間）

理性は飛んで目は白目剝いて二度とごめんよ

小声の婦人　神様がご覧になってるよ

三つ編みの女　わたしたちこのクソのかたまり二つがここにこうしている

（長い間。二人の女は座って、物思いに耽る）

6 ずいぶん時間が経って

（三つ編みの女、ベッドに腰掛け、手に手紙を持っている）

声　マドモワゼル六月六日と八日付けのあなたの二通の手紙とあなたがファルス氏と交わした書簡による話し合いをふまえてファルス氏とわたしが六月十五日水曜日の十四時か六月十六日木曜日の十四時か六月十七日金曜日の十四時にあなたにお会いすることをご提案申し上げますフン

（三つ編みの女は立ち上がり、何歩か歩いてから股を広げて床に倒れる。長い間）

小声の婦人　（登場しながら）世間知らずな娘だこと

（はしゃいだ女の子のように笑うが、少々わざとらしい、それから小股で足を速めて窓のところへ行く）

海からの塩からいそよ風来てちょうだい

（吹き出す）

はっきり言うべきなのよね

（吹き出す）

言っても無駄ねあんたはかなりずるいわたしの思っていることに一歩一歩ついて来てどのことばを言うべきなのか分かっているそうなのよあんたにとって役に立つことはわたしのところまで来てその小さな唇をちょっと開けることとあんたの粘膜はこのことばの素晴らしさを知ることになるわ「ことば」という単語を言うときわたしはそうした意味を持っていることばの意味を言うべきなのねことばの意味よ塩からいということばの意味それを「味わい」に来てワー言っちゃったことばって言ってしまった

（吹き出す）

その通りなのよそれなのよわたしがいま一度われらが主に感謝するのはそこよわれらが主は思うがままにわたしたちのもとに送り届けてくれるのはそよ風だったり小雨だったり焼け付くような太陽だったりこうしたものがわたしたちを養う糧になる

（そのとき、父親のためらいがちな重い足音が杖の音とともに聞こえて来る。
小声の婦人、作り笑いをする）

檻のなかの熊ね

父親は自分の部屋で何をやっているのか？

（突風が吹く）

小声の婦人　神さまが怒っている

（小声の婦人、大急ぎで退場。エディが窓枠に現れ、自分の体を誇示する。三つ編みの女がエディに向かって叫ぶ「あっちへ行って、あっちへ行ってったら」）

三つ編みの女　ちっちっちわたしには分かるわあんたはわたしをお腹の奥までひっかきまわしリンパ腺をくすぐりたいのよそれから「コーデュロイのズボン」を足首まで下ろしておチンチンをわたしに埋め込む――あんたの牡牛のような目つきだけが浮かんでくるわあんたがピストン運動しているあいだ身の毛もよだつその丸い目がわたしをじっと見つめて

わたしはといえば挨拶代わりにうっとりしてエディエディと言ったりあんたのおチンチンは柔らかく真っ赤っかになってわたしは八つ裂きになった牝牛になったりしてあんたは満足げに「コーデュロイ」を引き上げまるでローマ人を征服したみたいわたしはだめよって言いたいのに

（エディ、姿を消す。小声の婦人、あたふたと登場。はしゃいだ女の子のように笑う）

小声の婦人　世間知らずな娘だこと

（再び風が吹き、窓のカーテンを揺らす。窓のところへ行って合掌してエクスタシーに浸るふりをする）

天にまします
われらの父よ

（にわかに突風が雨をまき散らし、小声の婦人はゆっくりとうめくように言う）

わたしたちは決して心の平安を経験しないのでしょうかわたしはなにかにつけて幸福に浸ることができるしサッカーのゴールポストを見るとよくわたしはラジオと新聞を手に

してデッキチェアに身を落ち着けてしまう平安を求めながらも身の毛もよだつ考えも浮かぶのよわたしの人生になんかもう何の意味もないわよわたしをいらだたせるハエほどの意味もね白かった雲も灰色になったわたしたち人類は鶏みたいに生きることになっているのかしら

三つ編みの女　（とても「はっきりと」話す）一度だってあの時みたいにあんたがいるってこと感じたことなんかないわ誓ってもいいもう決してあんたの体をこれから強く感じないわ決してあんたを意識しないそうやってあんたをそこにいるみたいに見ることがどういうことなのかもう分からなくなる

（杖の男の足音。女たち、足音の方を見る。

杖の男、登場して椅子に座りに行く。長い間。それから杖の男は規則正しく、地味なオナラを連発する。

かなり長い間。それから小声の婦人が鼻歌を歌う）

杖の男　生きていること
そしてそのことを知ること
でもそれを知りはしない
バカ野郎ども
なにもしないこと
じっくり考えること

食べ物をしっかり消化すること
集中させる
注意力を
食べ物が腸を通過することに
おふざけ
でも威厳をもつこと
経済
産業
思い上がり
余計な口出し
見かけだけの威厳
見かけだけ
バカ野郎ども
そして狂信的な振る舞い
恐怖と狂信的な振る舞い

(何度もため息をつく。退場)

小声の婦人　ちょっと見てよこのサトイモ

（鉢植えのそばに行き、それから鉢植えを窓から放り投げる）

とても見事なサトイモ

（退場しながら、曲げた指を唇に持って行き、考え込んで、ちょっと窓の方を向く。三つ編みの女は小声の婦人をじっと見ていたが、今度は窓の方へ視線を向ける。間。不安な雰囲気。まるで二人ともこれから起こることを予感しているかのよう。窓にみすぼらしい男が姿を現す。息子のドゥニである。みすぼらしい身なりをしている）

彼は酒を飲んで来たので、酒臭い。

（みすぼらしい男がつぶやく「やあ、ママ」。小声の婦人、泣きまねをして何度も言う「だめよ」そして逃げて行く。みすぼらしい男、三つ編みの女に「やあ、妹」）

みすぼらしい男　女房が逃げて行きやがった（入っていいんだ）オレが失業しているのに耐えられなかったんだな奴が決めた限界を超えたんだ例えば一ヶ月とか頭んなかである限界を決めてたんだよ一ヶ月したら亭主はまた仕事すると思ってね二ヶ月経って分かったたね奴が夜店から帰って来てももうオレにはキスをしなくなっているってねもう耐えられなか

ったんだなソルフェージュで一等賞を取ったってオーケストラなんて見つかりゃしない
雇ってくれるオーケストラ探したよオレはコンセルヴァトワールの主席だって言ってや
ったでもあいつらが欲しがっていたのは打楽器打楽器奏者さオーボエはダメオーボエ奏
者は欲しがっていなかったそんで女房が逃げてった（入っていいんだな）荷物作って出
て行ったそんでオレも出て来たそんで大酒かっくらった目が覚めたらまた大酒カトリッ
クの救護施設で寝てたよいいところだぜベッドがいくつもあってさオレが酒飲んでいる
のを見てあいつらオレに言うんだここではダメですお酒を飲んではいけませんよそに行
ってもらいたいってね（入ってもいいね）で酒を飲んだんだ起きたら酒を飲んでいたよ
例の治療をやったやらなくちゃならなかったんだよ例の治療をで治療しているのに酒飲
んで成人障害者手当をもらってまた治療してまた飲んでていうわけで酒飲んでたんだ

三つ編みの女　まあお酒飲んだのねドゥニ

みすぼらしい男　で警官に職務質問されたオレが酒飲んでいるのに気付いて職務質問さ七、八回
はされたね一〇回目にやつら何をしたか何したか施設に連れてくんだバスに乗せられて
バスんなかじゃ人間らしい心なんかもうなくなるよもう心がないって分かるよたった今
なくしたってそこにいるやつらみんな心をなくしてるんだ施設に着いて便所へ行くだろ
すると見えるよ書いてあるんだクズ野郎死ねってこの星じゃ邪魔者なのさクズ野郎死ね
これ見て涙が出たよオレ泣いちゃった自分が出来の悪い人間だって分かったんでね

（巨大な犬が現れて、みすぼらしい男に飛びかかり地面に倒し、噛みついて怪我をさせる。三つ編みの女は

身じろぎもしない）

エディの声　（舞台脇で）こっちへ来いタボール

（杖の男がまた登場、座り、ため息をつき、泣く）

杖の男　泣く時間だ泣いてため息をつく時間だ

（犬のうなり声、みすぼらしい男のうめき声）

（息子のドゥニの方へ）ふにゃチン

（犬の吠え声。犬は遠ざかる）

みすぼらしい男　（窓辺で）やあパパ

杖の男　（息子のドゥニの方へ）ふにゃチン

（三つ編みの女、ベッドの上に座りに来る。けだるい間。杖の男、彼女を見て襲いかかる。慌た

だしく騒々しいセックス。杖の男、喘ぐ。セックスは終わり、娘のシャツを下ろし、退場）

（出て行きながら）ごめんよおチビちゃん

（窓にココ・アルドリッシュ、現れる。三つ編みの女、倒れている、おびえた様子）

ココ　海水浴すばらしいいっしゅヨード塩分その他いろいろ

（満足そうに親指を立ててひどい笑い方をする。小声の婦人、気がかりな様子で登場）

小声の婦人　（ココに）まあ あんた元気

ココ　ぐぇん気

（ひどい笑い。みすぼらしい男が遠ざかるのが見える。小声の婦人が彼を目で追う）

小声の婦人　（三つ編みの女に）元気いいんだって

三つ編みの女　いい

小声の婦人　いい　いい　お腹いっぱい食べてるって

三つ編みの女　いい

小声の婦人　いい　いい　それと奥さんとの仲は
三つ編みの女　いい　いい
小声の婦人　いい　いい　あの人のオーケストラは
三つ編みの女　いい、いい
小声の婦人　嘘よ嘘つかないで

（三つ編みの女を叩く。そして自分の椅子に座る）

憎しみと狂気の沙汰
ずっと前から
一九〇四年から

（短い間）

建設の日よ

（短い間）

この家の

（短い間。
リリー・オルン、登場。小声の婦人の涙。三つ編みの女、控え目に、卑屈に、ともかくこれ見よがしに問題になっている例の写真を母親に持って来る。マットレスの下に隠していたのである）

写真用のポーズをとった兄のドゥニ、まるでレンブラントの絵のよう。

小声の婦人　（写真を見つめて）ああこれよこの写真

（間）

（ココとリリーの方へ）なんとわたしこの子がお兄ちゃんの写真の上に「ウンコ」したと思っていたのよ

（ウンコという言葉で声を小さくする）

ただの悪ふざけよ

（写真をじっと見る）

レンブラントの絵みたい
(三つ編みの女に) お兄ちゃんオーケストラにとても満足してるって言ったね大きなオーボエにちっちゃなワンピースばかり着るちっちゃな嫁さんは口紅をつけてるちっちゃな淫売女みたいに

(吹き出す)

大きなオーボエレンブラントの絵みたいにみんないつも言ってたあっちでもドゥニこっちでもドゥニって大きなオーボエちっちゃなマダムのちっちゃな真新しいワンピースとマダムの可愛い顔

三つ編みの女 (リリーとココに) この人あんたたちに写真を見せるわよでも何も言わないでねおねがい目を輝かせてもダメよ感想を言っちゃダメそんなことしたら私の健康に良くないの良くないって言ったのよオーとかアーとかもダメ母があなたたちに写真を見せるけど写真を見ないで誓ってちょうだい

(リリーとココ、手を挙げて誓う)

世界で一番きれいな顔を見て墓場のように陰気にしてちょうだい

（小声の婦人、写真を目元に持って来る）

小声の婦人　レンブラントの絵のようでしょ

三つ編みの女　（リリーとココに）何も言わないで口を閉じて

（リリーとココ、顔と体を差し向け、ちらっと見る。ココが声を上げる「ドゥニの写真だ」。三つ編みの女、体を掻きまくり、口から淫らな声を出して手足を動かす。リリーとココ、立ちすくんでいる）

小声の婦人　世間知らずな娘だわ

（吹き出し、つぎに怒り始める）

この子兄ちゃんの写真にウンコしていたかもしれない

三つ編みの女　（リリーとココに）ジュースを飲みましょう

（ジュースを取りに退場。みすぼらしい男のシルエットが少しずつ現れる。母親の小声の婦人はそれを見つけ、大きな叫び声を上げる「まあ、ダメ、ダメよ、またあの子だ」）

写真のオマエはきれいだ。オマエ酒飲んでるね、ママはもうオマエが好きじゃない。

みすぼらしい男　（窓辺で。母親に）喰うもの何かくれないのローストビーフちょっと
キッシュをちょびっと
ぶっといソーセージ
アンドゥイエット
子牛の胸腺肉《リー・ド・ヴォ》
豚肉のパイ詰《ヴォ・ロ・ヴァン》が食べたいなママ
牛タンもいいな
子牛の頭
ハンバーグにのせる目玉焼き
シャトーブリアン・ステーキ
「ミックス・グリル、お願いします」

小声の婦人　（みすぼらしい男に）消え失せて

（犬のタボールの吠え声。みすぼらしい男、怖がって、退場）

三つ編みの女　（リリーとココに）好きな人たちとジュース飲むの好き

（三人はジュースを飲む。杖の男、登場）

杖の男　（小声の婦人の方へ）憎しみと狂気の沙汰
　ずっと前から
　一九〇四年から

（短い間）

　建設の日

（短い間）

　この家の

（小声の婦人、大急ぎで退場）

三つ編みの女　（離れているリリーとココに）ここにいて友達なんだからいてね

（窓にエディの犬タボールが現れる。三つ編みの女、退場。タボール、家に入って来る）

夜が到来し、静けさが戻る。

杖の男　（犬に）いいか犬オレたちは長い間生きて来た馬鹿正直にな日々お天道様を浴びて昔から少々ガタが来てちょっくら酔っぱらっているけどあっちを見たりこっちを見たりしてあれやこれやどうにかやってきた

（短い間）

それと一緒にうっとりさせるようニコニコするんだずっとニコニコお天道様を浴びてずっとニコニコする必要以上にニコニコする不滅のニコニコ

（短い間。遠くに村の喧噪）

7 ずいぶん時間が経って

（三つ編みの女、寝間着を着てうろうろしている、それから横になる）

声　マドモワゼル遺憾ながら十月十二日月曜日に御想定なさっているようには復職すること

はできません当方は会計課にあなたがいらっしゃらなかったことを考慮に入れるよう要請いたしました

8 ずいぶん時間が経って

声　マドモワゼルあなたご自身のために診察をお受けになることをお勧めいたしますそうなされればあなたはご回復なさりUSTAにおいて正規の地位につくことが可能になりますフンあなたは現在雇用主に対して職場放棄の状況にあることをご理解されるようお願いいたします

9 ずいぶん時間が経って

声　マドモワゼル当方は継続的に業務に支障を来す事態を受け入れることはできませんしたがってあなたはもはやUSTAの清掃部には所属していないと見なしますさらにあなたは総額六五三ユーロの債務を負っていますこの金額は税金及び現在まで未払いの諸費用に当たります

〈第一楽章、終わり〉

第二楽章

予言者
三つ編みの女
小声の夫人（三つ編みの女の母親）
コラ（鋭い視線の女）
マレ（病気の男、コラの夫）
エステル・ルグラン（女装した男）
カロリーヌ（女中）
杖の男（三つ編みの女の父親）

別の家
時は過ぎ去った

2　夫に対する妻の昔からの憎悪

正面の家の前

予言者　ことは簡単危険がなく平穏な試練の場が存在しそこでは汝の身に恥辱と悔悛そして忍耐と良き振る舞いが降りかかることが望まれている

（間）

ことは簡単危険がなく平穏な試練の場が存在しそこでは汝の身に恥辱と悔悛そして忍耐と良き振る舞いが降りかかることが望まれている

（退場）

マレの家

（小声の婦人、登場。三つ編みの女が登場するが、明らかに「境界性人格障害」である。いずれにしろ取り乱している。持ち運びのできるゆりかごを手に持っている）

小声の婦人　どこに行くの世間知らずな娘

三つ編みの女　亡者の家にタマゴを買いに

小声の婦人　マレんち

三つ編みの女　そうよ

小声の婦人　マレは落ち目になっているわよどこに買いに行くんだいあそこの家がうちと付き合わなくなったっていうのに
三つ編みの女　フィルスんち
小声の婦人　フィルスんちにはタマゴはある
三つ編みの女　そうたくさんそれに一番いい
小声の婦人　じゃあどうしてマレんちで買うんだいフィルスんちじゃなくて
三つ編みの女　マレを悲しませてはいけない
小声の婦人　マレはそんなこと何もしらないけど（なんて馬鹿なんだ）
三つ編みの女　マレが気にするって言っているのよ

（短い間）

マレんちに買いに行くって言っているのそれでおしまい

（小声の婦人、退場。三つ編みの女、マレ夫妻の窓辺にいる）

タマゴ買いに来たよ

（マレ、ベッドに寝ている。枕元に、目を見開いてコラがいる）

コラ、夫の枕元に

鋭い視線の女　（三つ編みの女に）見てちょうだいわたし絶望で身悶えしているの

（身悶えしてみせる）

申し分のない男なのよエンジニアをやっている

三つ編みの女　わたしのタマゴ

鋭い視線の女　わたし死という避けられない結果を待っているのよ

三つ編みの女　わたしのタマゴ

鋭い視線の女　この人が弱るのを放っておいたなんて思うの耐えられないわ

三つ編みの女　わたしのタマゴ

鋭い視線の女　わたしこの人が弱るのを放っておいたの

三つ編みの女　わたしのタマゴ

（病気の男マレ、起き上がり、よろめいて、ぶつぶつ言いながら退場。彼の妻コラは場合によっては、マレの方へ手を伸ばす）

鋭い視線の女　わたしあの人が弱っていくのを見たあのひと覚悟して死んで行きかねなかった
　　わたしはあの人がそうなるのを放っておいた

（病気の男が戻って来て、三つ編みの女にタマゴを差し出し、彼女はそれを受け取り、金を払い、そのため
にゆりかごを落とす。鋭い視線の女は叫び声を上げる。マレ、横になり、また屍体のようになる。）

三つ編みの女　（ゆりかごを指し）子供なんとかしたいわ
鋭い視線の女　わたしあの人が弱っていくのを見たわたしはあの人がそうなるのを放っておいた
三つ編みの女　（鋭い視線の女に）あんたがなめくりまわして作ったつまらない話なんかピチピチ
　　していないわ

（女装した男がスーツケースを持って、足早に通り過ぎる）

彼はモントリオールから戻って来て、家に帰る。

女装した男　また下ネタかよ
三つ編みの女　（鋭い視線の女に）あなたの話を聞くほどあなたに好意を持っていないわ
　　黙ってくれる

（子供が泣く）

黙るのよ

女装した男　ああ故郷《ふるさと》

（女装した男、退場）

病気の男　（鋭い視線の女に）ねえおまえ

（鋭い視線の女に近くに来るように仕草をする、彼女は近づき、彼の枕元に座る。彼は小さな声で話す）

そうおまえの勝ちだオレはくたばる

鋭い視線の女　ええ、そう思うわ

病気の男　この瞬間からおまえは今か今かと待つはずだ

（有頂天になって鋭い視線の女は立ち上がる）

三つ編みの女　（ゆりかごを指して）この子をばらす

（三つ編みの女、ゆりかごを叩く、子供のかすかな泣き声）

この子をばらす

（三つ編みの女、ゆりかごを叩く、子供のかすかな泣き声）

この子をばらす

（三つ編みの女、ゆりかごを叩く、子供のかすかな泣き声）

この子をばらす

（三つ編みの女、ゆりかごを叩く、子供のかすかな泣き声）

この子をばらす

（病気の男、震えて、上体を起こし、床に足をつける、ずっとうめきながら）

ことは簡単、危険がなく平穏な試練の場が存在し、そこでは汝の身に恥辱と悔悛そして忍耐と良き振る舞いが降りかかることが望まれている。

（ドアがそっとノックされる。女中が深く身をかがめてトレイを持って登場）

鋭い視線の女　（女中に）出て行ってカロリーヌ分かるでしょこの人死ぬわ

（女中、トレイを持って退場）

見てこの人がどれほど死ぬのを怖がっているか

（話しながら、鋭い視線の女、三つ編みの女の腕の上に機械的な身振り）

三つ編みの女　身振りを

（短い間）

三つ編みの女　手で

（短い間）

あなたはしたのよ

（短い間）

そうやって

（話しながら身振りをする）

身振りを

（話しながら身振りをする）

そうやって

（話しながら身振りをする）

手で

（話しながら身振りをする）

そうやって

（話しながら身振りをする）

身振りを

（話しながら身振りをする）

そうやって

（話しながら身振りをする）

手で

（短い間）

あなたはしたのよ
（話しながら身振りをする）
そうやって
（話しながら身振りをする）
その身振りを
（話しながら身振りをする）
手を使って
（話しながら身振りをする）
もうそうしてはいけないわ

（病気の男、起き上がり、動揺してベッドから出て、スローモーションで舞台を横切り、ドアを開け、閉じて退場。女装の男の二度目の通過）

女装の男　（笑おうとする）出て来ない笑いが蓄えがないから
（泣こうとする）出て来ない涙が蓄えがないから
（突風。彼のカツラが吹き飛ばされる）
あら
（女装の男、カツラを拾って退場。病気の男が再び登場）

病気の男　クソみたいに厄介だ
（病気の男、ベッドへ行き、横になる。屍体のようになる。鐘楼が時を告げる。二人の女、病気の男を見ている。沈黙。舞台奥を杖の男が焦って通り過ぎる）

杖の男　いったいどこへやったんだいどこへやったんだい子供は

（予言者、登場）

予言者　ことは簡単危険がなく平穏な試練の場が存在しそこでは汝の身に恥辱と悔悛そして忍耐と良き振る舞いが降りかかることが望まれている

（退場。鋭い視線の女コラは夫の病気の男マレの枕元に座っている。マレは死にそうなほどぜいぜい喘いでいる。三つ編みの女、これ見よがしにゆりかごの中の赤ん坊を揺する）

鋭い視線の女　（三つ編みの女に）そうよわたし彼が死ぬのを望んだわ

（短い間）

夜だった
二十二時だった
あの人刺すようにわたしを見ていた
じっと見ていたまるで
二五年じっと見ていたかのように
刺すような視線でまぶたは
瞳　瞳からはなれて

まばたきをあまりせず
まぶたは瞳を忘れる
不思議な現象じっと見る
あの人刺すようにわたしを見る
あの晩は何度も
あの人刺すようにわたしを見る
わたしを刺すように見ることであの人うれしさいっぱい
あの晩わたしは自分の視線のなかにいた
わたしの視線を恐れるあの人の視線を避けていた視線
(こうも言えるわわたしはあの視線を恐れていたと)
自分の視線のなかにわたしは憎しみを全部込める
昔からの憎しみわたしは視線を憎しみで色付ける
夫に対する妻の昔からの憎しみ
それゆえわたしは視線を投げる
あの人の視線のなかへわたしの視線を
あの人はあの恐ろしい視線のなかにいる
恐ろしいきらめきが消える
まなざしが消える
なにもかもが消える

わたしはあの人を（とんでもない）視線で非難していた
あの晩から
あの人投げやりになった

（短い間）

覚悟して死んで行った

（子供のかすかな泣き声。鋭い視線の女、ゆりかごのなかをちらっと見る）

この子生きるのかしら

（三つ編みの女、意味不明の微笑み。鋭い視線の女コラと握手をし、ゆりかごを持って遠ざかる。
二人は視線を交わし、何度も小さく手をふって挨拶をする。そして相変わらず男の瀕死の喘ぎ声）

〈第二楽章、終わり〉

第三楽章

三つ編みの女
隣に住んでいる女占い師
死体が二体・杖の男（三つ編みの女の父親）
小声の婦人（三つ編みの女の母親）

二人の寝室

3 喪の悲しみ

（ベッドの上に、小声の婦人、死んでいる。枕元の椅子の上に、杖の男、ぐったりして死んでいる。小声の婦人は杖の男に手を差し伸べている。杖の男の足下に犬、死んでいる。三つ編みの女と隣に住んでいる女占い師、唖然としている。風。）

四十年の夫婦生活の後、死ぬ時も男は女に連れ添う。

三つ編みの女　逝ってしまったほら古ぼけた骨年老いた体逝ってしまった（涙は流さないわ）二人とも逝ってしまった
女占い師　（三つ編みの女に）なんてひどいことまあなんてひどいこと
（短い間）

なんてひどいことまあなんてひどいこと

（短い間）

なんてひどいことまあなんてひどいこと

三つ編みの女　ひとりまたひとりと逝ってしまった母が一番父は二番犬ころは三番目母は横になり父は上半身を前にして座り犬は床に肘掛け椅子があってヴィロードが敷かれ食卓にはテーブルクロスがある家のなかで母は横になっている手を心臓古ぼけた心臓の上に置いて死んだとき横になるのは知っているんだわ別れを告げ血の気の引いた唇で目を半開きにして横たわっている父を母の枕元に座らせて顔を母の顔の方へ向けて父は最後の合図を待ちかまえ母は自分の願いすなわち僕は君と一緒に逝くという同意を見いだそうとしている目配せのなかにそれを見いだし二人は誓いを立てたんだわまばたきをしてそれで誓いは成立父はそれ以上できなかった母は死ぬまで一時間も続きそうな微笑みを顔に浮かべていた口元は一時間も続きそうな微笑みのためにちょうど作られていたその後できいきい声を上げるか鼻歌歌ってた母は死ぬまで自分の手を最後までとぼけて杖を握っていた父の手をそっと握っていた心が一つになるなんてあり得なかったけれど手と手を握り慰め合っていた肘掛け椅子があってヴィロードが敷かれ食卓にはテーブルクロスがある家のなかでそしてある日いきなり具合が悪くなって逝ってしまった父は母が青ざめて

弱って行くのを見ながら枕元に座って泣いたり泣かなかったり犬ころが吠えたりうなったりでも枕元にいて母の瞳のなかに最後の欲望を読み取った父は母の最期を待っていた逝かなくちゃならないんだから一緒に逝こうと思いながらどうしてもう逝くのかと思いながら最後の呼びかけには答えたでも最後の誓いとは言ってもただ誓いを立てるというあざとい習慣からのものだった父にまばたきをした母は父を引き止め父は母の手を握って母の最期を待った死にそうな母のそばで父は死を待っていた母の手を握って四〇年も続いた習慣ずいぶん長いこと続いたわお手手つないで僕が君の手を取って君は僕の手を取るああ途方もない最高の癒し途方もない船の難破みたい父は見たところでは確かな時をしばらくは待っていたお手手をつながれて手錠をかけられた囚人みたいにしてただ待っていたただ力を抜いて生きる気力もなくし食べる気も失せて犬ころも同じそれぞれがそれぞれの枕元でただ待っていたどれほどの時間だったかああどんなに時間がたったのか父の飼っていた牛も豚も鳥も忘れ去られてしまった果物もそうなにもかも時間の外に飛び去って過ぎ去った時間しか残っていないそして主人を慕う犬ころが足下にいる父は待つ待つと誓った待つそしてある日倒れるついに倒れる死にかけている手が生きている手に張りついて母は動かなくなり父は老いて死んだ母の前で身を屈めるでも二人はまた一緒になったのかしらまた結ばれたわけ

(間)

それから犬ころが主人のあとを追う捨てられて先に逝かないかぎりはね（涙はながさないわ）なんという光景でしょう男と女と可愛いわんちゃんが肘掛け椅子があってヴィロードが敷かれ食卓にはテーブルクロスがある家のなかで一緒に息絶えるなんてさようならお父さん優しいお母さん

（隣に住んでいる女占い師、泣きじゃくりながら三つ編みの女の腕に飛び込む）

さようなら安らかに

隣に住んでいる女占い師　（三つ編みの女に）なんてひどいことまあなんてひどいこと

三つ編みの女　さようなら安らかに

（三つ編みの女、床に倒れる）

別な筋書き・三つ編みの女が涙を見せずに泣き顔になる。一〇回くらいはそんな顔、ないしはそれに近い顔をし、それから面食らった、ないしは悲嘆にくれた様子をする（微笑んでいるようにするかどうか分からない）。

〈第三楽章、終わり〉

第四楽章

三つ編みの女
薪束を持った男

どこかの道、草地

4 癒し

彼女はかすかな風の吹く草地に沿う道を行き、ひとりの男と行き交う。そいつは南ヨーロッパでの戦争の生き残りで、薪束を運んでいる。彼女は彼に挨拶をし、挨拶をしたことで嬉しい気持ちになっている。

（三つ編みの女は薪束を持った男に身振りで挨拶をし、男も彼女に身振りで挨拶をする。草地を風が渡るのが見える）

薪束を持った男　（三つ編みの女に挨拶をする）やあやあやあ

三つ編みの女　（薪束の男に身振りで挨拶をして）（あらまあほんとに）あの人死人のあいだから立

ち上がって仲間が逃げたという声を耳にしてそれで死人のあいだにいた群衆に向けてやみくもに銃が撃たれた戦争だったのよ相棒が彼に上着をくれた彼は震えていた仲間が逃げたという声が聞こえたそれで彼は逃げた村がいくつも燃えていた果樹園で果物を食べた寒さで震えていた死人のあいだから立ち上がった共同墓地が目にはいった彼は苦しんだ死人のあいだから立ち上がった道ばたに死体をいくつも目にしてから相棒となった上着の男のことを考えたやつも死んだにちがいない彼は鬱蒼とした森に入り敵の前線を越えた自分が前線を越えたことは分かっていないいくつもの村が眠っていた彼は自由だったが自分ではそれが分かっていない何日も何夜も歩いたそれから眠りに落ち誰かのうちで目覚めたときにオレは死んでいないと思った死人のあいだから立ち上がったこれがあの人が死人のあいだから言っていること

〈第四楽章、終わり〉

（三つ編みの女、微笑んで、次第に気持ちが大きくなる）

第五楽章

三つ編みの女
エリーズ・モロワ（甲羅をつけた女）

エステル・ルグラン（女装をした男）
老女1
老女2
ワルテール（少し酔った男）

別の家
時は過ぎた

5　一目惚れ

1

十年後、彼女は町の中心部に住む年金生活の女性の家で掃除をしている。

（甲羅をつけた女、座っている《「甲羅」とは実際は、苦痛を「取り除く」ために皮膚に直接付ける膏薬のようなものである》。ドアのベルが鳴る。三つ編みの女、登場）

三つ編みの女　またその甲羅なの
甲羅を付けた女　この人はわたしにまた甲羅を付けているのかと尋ねている
三つ編みの女　その甲羅は何の役に立つの

甲羅を付けた女　この人はわたしにこの甲羅が何の役に立つのかと尋ねている

（短い間）

今は銅と錫なのよ

（短い間）

根気もよ

（三つ編みの女、手に雑巾を持って、うつむいて、疲れ切った様子）

ヴェネチアン・グラスの鏡
ヴェネチアン・グラスの鏡

（短い間）

感心して感心してよ

（短い間）

そっとそっと

（短い間。三つ編みの女、なんとなく掃除をする）

ものすごい静けさ
日曜日の

（短い間）

聞こえている
日曜日のものすごい静けさ

（短い間）

いつも怖がられているのよ
日曜日のものすごい静けさ

（短い間）

ものすごい静けさ

（三つ編みの女、手に雑巾）

三つ編みの女、それほど元気ではない息子のことを考える

甲羅を付けた女　銅の球
　銅の球よ

（三つ編みの女、銅の球をみがく）

球をこすってね
球をこすって

（そしてこする）

わたしのアスレホス〔釉薬を塗った陶製のタイル〕を忘れないで

わたしのアスレホスを忘れないでください

（そしてアスレホスをみがく）

わたしのサン・メダール社のナイフとフォークのセットを忘れないで
とにかくにわたしのサン・メダール社のナイフとフォークのセットを忘れないで

（そして箱を開ける、中には銀メッキのナイフとフォークのセットが並んでいる）

わたしのディオニソス〔バカラ〕を忘れないで
わたしのディオニソスを忘れないでください

（クリスタルのデカンターをみがく）

そっとそっと

（三つ編みの女、手に雑巾）

そしてわたしのヴァロリス〔南フランスのヴァロリスで作られる陶器〕ほら

わたしのヴァロリスよ

（そしてヴァロリスの花瓶をみがく）

さあ今度は
ロシアのシャンデリア

（そしてロシアのシャンデリアをみがく）

それとわたしの陳列品ケース
それとわたしの陳列品ケース

（そして陳列品ケースをみがく）

それとバルボティーヌ〔二十世紀初頭に流行した果物や昆虫をモチーフにした陶器〕
それとバルボティーヌ

（そして小皿とか大皿をみがく。三つ編みの女、一枚の小皿を割る）

必ずそうなると思っていた

（短い間）

必ずそうなると思っていた
電気掃除機

（掃除機のスウィッチを入れる。間）

ここにいるの気に入らないんでしょ
三つ編みの女　気に入りません

彼女が夢見ているのは、連帯感と好意の漂う雰囲気であり、満ち足りた静かな生活である。

甲羅を付けた女　あなたは一度も気に入ったことなんかなかった
三つ編みの女　一度も
甲羅を付けた女　あなたの手に負えないのよ
三つ編みの女　手に負えない

甲羅を付けた女　掃除機を止めて

（三つ編みの女、掃除のスウィッチを切る）

初めのうちはあなたは気に入っていた

（短い間）

三つ編みの女　もう我慢せずに泣きます喉のところまで上がって来ている
甲羅を付けた女　おやりになってどうぞ

（三つ編みの女、たっぷり泣いて、それから腰掛ける。ドアのベルが鳴る。三つ編みの女、ドアを開けに行く。女装の男、あたふたと飛び込んで来る）

甲羅を付けた女　（女装の男に）あなたどなた
女装の男　すいません
通りをただ歩いていただけなんです
あいつらわたしに石を投げてきました
甲羅を付けた女　歩かないでください

（短い間）

誰が頼んだんですか歩いてって

（短い間）

横になってください

（短い間）

あなたのちょっとした金になる商売なのね

女装の男　なに言ってケツかるねん

（三つ編みの女、笑う）

甲羅を付けた女　下品な言葉はやめて下品な言葉は外で言って

（彼女は女装の男にドアを示す。女装の男、退場。間。ドアのベルがはげしく鳴る。三つ編みの女、ドアを開けに行く。女装の男、血まみれ。女装の男、入って来て気を失う。三つ編みの女、びっくりして震え上がる。甲羅を付けた女、眠っているように見える。間。またベルが鳴る）

三つ編みの女　どなた

声　（舞台裏から）わたしたち

（三つ編みの女、ドアを開ける）

仲のよい二人の老女、乱れた髪で登場、ポートワインを飲んでくつろぐ時間である。

甲羅を付けた女　座ってくださいお座りください

（二人は何者なのか。長い間。三つ編みの女、立って待っている）

老女1　（惚けている、甲羅を付けた女に）どちらさまですか

（もう一人の老女、「この人、気がふれている」という仕草をする）

甲羅を付けた女　（老女1に）やれやれ

（間）

老女1　（甲羅を付けた女に）ロレアル

甲羅を付けた女　（老女1に）ちがいます

老女1　（甲羅を付けた女に）ルガル

甲羅を付けた女　（老女1に）いいえ

老女1　（甲羅を付けた女に）ルシャ

（短い間）

ルグラ

（短い間）

ルバ

（短い間）

ルプティ

（短い間）

ルヴィガン

（短い間）

ルドゥ

（短い間）

ルボー

（短い間）

ルグリ

三つ編みの女　（口のなかで）言ってあげてよあんたの名前言ってちょうだい

（甲羅を付けた女、口を開け、呆然とした様子。老女1、泣く。老女2、再び「この人、気がふれている」という仕草をする）

甲羅を付けた女　（三つ編みの女に）ポートワイン

（三つ編みの女、ポートワインを供する。みんな、ポートワインを飲む。お菓子を食べる。女装の男、気を失った状態から回復し、立ち上がり、近づく。甲羅を付けた女《女装の男が登場した時は眠っていた》、女装の男を見つけ、びっくりして小さな叫び声をあげる）

女装の男　（手に歯を持ち）わたしの歯

（自分のスカートが汚れているのを確かめて）

わたしのスカート

（自分の歯をじっと見つめて）

わたし歯が抜けたの

不公平だわ

（甲羅を付けた女に）（わたしが街へ出るだけでいいのよ、あいつらわたしの顔をぶん殴るのよ！）

（自分の歯をじっと見つめて）

わたしの歯

（わざとらしく泣く、口の中を三つ編みの女に見せる）

小さな悲鳴がたくさん奥の方から
おまえはひとつのことしか考えていない吐き出すことだそれしか頭にない

（最後に叫び声を「吐き出す」、小さな叫びをあげる）

しまった吐き出してしまった（叫んでしまった）

（安堵の溜息を漏らし、少し笑って、老女たちに話しかける）

わたしの歯

老女1　（女装の男に）どちらさまで
女装の男　エステル・ルグランです
（女装の男、かすかに笑い、ポートワインの瓶をつかみ、飲む。二人の老女、眠そうにしている）
甲羅を付けた女　（女装の男に）乾杯
（二人は乾杯をし、飲む。それから二人の老女がゆっくりと退場。女装の男、手で合図をして「さようなら、さようなら、ありがとう」と言って退場。間）
甲羅を付けた女　（三つ編みの女に）私たち忘れてしまった
　枝付きの大きな蠟燭立て
　つづれ織りの絨毯
　鹿の角

（間）

捧げ物よ

（三つ編みの女、手に雑巾を持って、頭を傾けて、疲れ切った様子）

2

（甲羅をつけた女、座っている、手に手紙を持っている《これから小さな叫びをあげながら何度もその手紙を読む》。ドアのベルが鳴る。三つ編みの女、登場）

甲羅を付けた女　早く早く陳列品ケースを

（三つ編みの女、陳列品ケースを拭く）

指の跡がないわ
昨日は跡があったのに
汚い大きな指の跡が
そこにひとつ
あそこにもひとつ
そこんとこにも

（三つ編みの女、せっせと動く。間）

わたしの甲羅をとっていただけるかしら

（三つ編みの女、粘土でできた膏薬のようなものを剝がす。この処置の間、甲羅を付けた女は「とても効くのよ」「うちに伝わる昔からのやり方なの」「痛みがさっとね」と言ったりする。ドアのベルが鳴る。甲羅を付けた女、退場しながら「もう来たの」と言う）

ワルテール、彼女の以前の男。

（三つ編みの女、ドアを開ける。背の高い男が微笑みながら登場。ワルテールである。三つ編みの女、彼のコートとマフラーを手に取る）

ワルテールは、生まれ故郷のアンカラで農学を学んだ後、休むことなく世界各地を放浪して、ある会議の折、未亡人エリーズ・モロワと出会う。関係を結ぶが、叶わぬ結びつきである。関係を解消しても二人は解放されない。彼は現実から逃げ続ける。彼女は夫から相続した一軒家に閉じこもって生活をする。

（三つ編みの女、魅了される《一目惚れ》。彼に小さな声で「好きです」と言う）

「あなたが好きです」

（甲羅を付けた女、登場。青か緑のドレスを身に着けている）

甲羅を付けた女　（ワルテールに）座って

（ワルテール、彼女の横に座る）

ワルテール　君が決して理解しなかったことはエリーズ
僕たちそれぞれに
愛と情熱と悲劇が
割り当てられていたことだよ
あの愛あの情熱
そしてあの悲劇
お払い箱にする
べきではないんだ
それなのに君はエリーズ
お払い箱にしてしまった
僕たちの大きな汚点

僕たちの大きな汚点だよ
記憶にないほど昔の
どうにかして
強くならなければならない
あの僕たちの大きな汚点に対して
記憶にないほど昔の
すべきではないんだ
僕たちの大きな汚点を
あの記憶にないほど昔の汚点を
お払い箱にすることは
それなのに君はエリーズ
お払い箱にしてしまった

（三つ編みの女、相変わらずワルテールにこころを奪われている。甲羅を付けた女、皮相的な笑いを浮かべている）

甲羅を付けた女　ワルテールワルテール
（「召使いへ言う」口調で）グラス

（三つ編みの女、グラスをとりに行き、ワルテールに渡す。甲羅を付けた女、ワインの瓶を取りに行く。グラスにワインを満たす。ワルテールはそれを飲む）

ワルテール　兄貴が死んだ
ガソリンを浴びたんだ
ひとりの通行人が見ていた
その人は叫んだガソリンを浴びたって
兄貴はものも言わずに燃え上がっていた
僕は兄貴の奥さんに電話した
やって来たけど酒に酔っていた
死んだ兄貴を洗ってやったのは僕だ
兄貴は新しい三つ揃いを着ていた
それで考えた
何を着せて兄貴を埋葬するか
それでそのまま埋葬することにした
兄貴は郵便貯金からお金を引き出していて
それを目につくところに置いていたんだ
埋葬に必要な費用を払うために
それと見事な花輪

（甲羅を付けた女、ワルテールのグラスを何度も一杯にする。彼はそうしてボトルの半分以上を飲む。二人の女がそれを黙って見ている。そして彼は怒りだす）

なぜなんだ

（ワルテール、落ち着く。間）

甲羅を付けた女　（「特別な」声で話し始める）
あんた覚えてる何が起きたのか
ある日あんたはグレーになっちゃった
グレーの男よ
まるであんたの心の色が
外に出てしまったみたい
ほんのりと
顔色もグレー髪の毛もグレー
全部グレー
あんた服をいくつか買ったけど
それもみんなグレー

こうしてあんたは
すっかりグレー
グレーの男
あんたはタバコを吸っていたけど
タバコの葉もグレー
あんたはたくさん酒を飲んで
グレーんグレンに酔っぱらった

（甲羅を付けた女、自分のダジャレに笑う。突っ立ってうっとりしている三つ編みの女をちらっと見る）

枝付きの大きな蠟燭立て
鹿の角

（三つ編みの女、うっとりして立っている）

眼差しがとくにグレー
眼の色が褐色なのに
あんたの眼差しはグレーだった

グレーの男
あんたはささやくように話した
いつもささやくように
あたしったらまるでクソみたいだった
マジにくそみたい

（ワルテール、しゃっくりをしているようである）

あんたはあんたで泣いていた

（ワルテール、しゃっくり）

どうして泣いていたの

（ワルテール、しゃっくり）

あんたはセックスが大っ嫌いだった

（甲羅を付けた女、長々と笑うが、むしろ苦しそう。ワルテールはしゃっくり）

あんたはささやくように話した

（ワルテール、しゃっくり。間）

あたしったらまるでクソみたいだった
マジにくそみたい

ワルテール　あの風のせいだ
オレが息できないのは

甲羅を付けた女　グレーの男

（急に口をつぐみ、突然頭を傾ける。まるで死んだみたいに見える。ワルテール、息を詰まらせる。甲羅を付けた女、ワルテールがシャツのホックを外すのを手伝う）

あのとき分かったのよ
きっぱりと
あたしという人間はまともで普通なんだって

そのことで嬉しくなったわ

ワルテール　（しばらくしゃっくりをして）あの風のせいなんだ
　オレが息できないのは

甲羅を付けた女　（三つ編みの女に）中国製のつぼ
　そして捧げもの

（三つ編みの女、うっとりして立っている）

（ワルテールに）あんたの手紙を受け取ったとき
郵便屋さんがあんたの手紙を届けてくれたとき
あたしは叫び声を上げてしまった

（短い間）

こんな風に

（一、二度叫びを上げる）

ほんとうに素晴らしい叫び

（短い間）

ああワルテール
ワルテールったら

（ワルテールに触る。ワルテール、崩れ落ち、死ぬ。甲羅を付けた女、何の反応もしない。ただワルテールを見つめるだけ。三つ編みの女、ワルテールを立たせ、彼の体を自分の方へもたれかけさせる）

三つ編みの女　ワルテールワルテール
甲羅を付けた女　この人死んでるわこれであたしは心安らかに解放されるわ

（甲羅を付けた女、物思いにふける。三つ編みの女、かすかに微笑む）

〈第五楽章、終わり〉

第六楽章

三つ編みの女
息子
隣に住んでいる女占い師

時は過ぎた

6　母と息子

ずいぶん時間が経って、水曜日の午後。曇り空。子供は成長している。バスケットボールの日。

（ベッドの上で息子が眠っている、かすかにいびきをかいている。三つ編みの女と隣に住んでいる女占い師、並んでいる）

隣に住んでいる女占い師　調子はどうなの息子さん

（三つ編みの女、肩をすくめる。二人とも息子を見る）

眠っているなんてどうしちゃったの

（三つ編みの女、よそを見る。隣に住んでいる女占い師、息子に近づく）

三つ編みの女　ほっといてあげてそっとしてあげて
隣に住んでいる女占い師　寝ているなんていびきなんかかいて
三つ編みの女　そうなのこんな調子なの
隣に住んでいる女占い師　まあかわいそうな子

（三つ編みの女、かすかに微笑む）

そしてあなたもかわいそう

三つ編みの女　おまえのお父さんクルマの事故にあったのよ
隣に住んでいる女占い師　ええっそうそうなの
三つ編みの女　かわいそうな子

（二人とも息子を見る）

隣に住んでいる女占い師　さっ行くわ
三つ編みの女　ええ行って

隣に住んでいる女占い師　じゃあね息子さんにキスをするわ
三つ編みの女　だめよ
隣に住んでいる女占い師　行くわ

（隣に住んでいる女占い師、三つ編みの女を抱きしめる）

じゃあ行くわ

（隣に住んでいる女占い師、遠ざかる。
息子、眼を覚まし腰掛けて伸びをする。三つ編みの女、ずっと息子に微笑んでいる）

息子　僕のこと愛してる

（反応がない）

もし僕のこと愛してるんだったら
僕を殺して

（間。息子、伸びをする）

バスケットに行って来る

（バッグを取りに行く。退場、そして再び登場）

バスケットには行かない

（動かない）

バスケットに行って来る

（退場、再び登場）

バスケットには行かない

（バッグを置く）

三つ編みの女　バスケットに行きなさい

（息子にバッグを渡す。息子、それを宙に何度も放り投げる）

息子　バスケットに行く

（退場。母親、息子をじっと見ている。息子、登場）

バスケットには行かない

（母親、息子をかなり長く抱きしめる。息子、されるがままになる。息子、遠ざかるが実際には退場しない）

三つ編みの女　おまえを見ていたわ

（短い間）

おまえを見ていたのよ

（息子、ため息をつく）

おまえの言うことは聞こえている

（息子、またため息をつく）

おまえの言うことは分かるわ

（息子、舞台に現れる）

息子　シャワーが

三つ編みの女　バスケットに行くのよ

息子　個室じゃないんだ

（短い間）

シャワーが個室じゃないんだ

三つ編みの女　叫ばないで

（短い間）

息子　そんで僕にはタマがないんだ
（短い間）
そんで僕にはタマがないんだ
（短い間）
そんで僕にはタマがないんだ
（短い間）
そんで僕にはタマがないんだ
（短い間）
そんで僕にはタマがないんだ
（息子、横になりに行き、かすかにいびきをかく。突然、眼を覚ます）

三つ編みの女　ミルク飲みたいの

（立ち上がり、コップ一杯のミルクを持って行く、息子、それを飲む）

息子　そんで僕にはタマがないんだ

（短い間）

そんで僕にはタマがないんだ

（息子、ミルクを飲んで息を詰まらせ、咳をして涙を流す）

三つ編みの女　おまえの鎮静剤

（息子、鎮静剤を飲む。間）

息子　やってよ

（沈黙）

やってよ

三つ編みの女　はいはい

（息子、横になり、むずむず動き、眠りに落ち、かすかにいびきをかく。はっとして眼を覚ます）

息子　やってないじゃないか

（沈黙）

三つ編みの女　やってないわ

息子　やってよ

三つ編みの女　ええ

息子　誓わなきゃ

三つ編みの女　はいはい

息子　誓って

三つ編みの女　誓うわ

（息子、再び横になり、むずむず動き、眠りに落ち、かすかにいびきをかく。母親、息子を見る。息子、はっとして眼を覚ます）

息子　誓った

三つ編みの女　はいはい

息子　やってよやって

（横になり、むずむず動き、眠りに落ち、かすかにいびきをかく。母親、決然とした様子で銃を取りに行く。息子を撃つ。それから小声で「お許しください、お許しください」と二度言う）

〈第六楽章、終わり〉

エピローグ

三つ編みの女

時は過ぎた。

エピローグ

（三つ編みの女、テーブルにつき、頬づえをついて、待っている）

三つ編みの女　待つ以外のことは何もせずに待つこと誰かを待ってこのお手手をつかんでもらうわけではない吸って吐くこの二つの呼吸の動作いつもこの二つの動作で私の最期がやって来ること結局は一日の終わりにしろ初めにしろ最期がやって来るのを待つ以外に何もせずにもう待ったりはしない最期が人生の最後が夜とか朝とか終わりつまりまったくの終わり全人生の終わりのときにふさしい瞬間に最後がしばしばやって来ると言われているけど吸って吐いての二つの呼吸動作なのよ涙も流さず叫びもせず終わりがやって来たとあたしは言うわでもバタン二つの動作よまだどれくらいの時間がかかるのどれくらいの時間がかかるわけかすかな光を待つ以外に何もしない一日の初めか終わりつまり人生の最後にふさわしいときにつまり合図にふさわしいときにでもどんなしるしどんな静寂かしら私は座ってしるしを待つの誰かがこのお手手をつかんでくれるのを待つのではなくてもう私は死んでいる海とか河岸とかウサギとか何も覚えていないそれでそうよウサギウサギそして何もコッコちゃんでもワンワンと言ってもいいわいいえ何もない死んでいるんだから何も覚えていない死んでいるお手手をつかんでくれるひとなんかいない運命のときを待つ以外に何もしないの運命のときっていうものをでも吸って吐いての二つ

の呼吸の動作よ涙も叫びもなし待つ以外に何もせずに待つのよ忘れられていたのに椅子
に座った女が椅子の上で人生を終えて静かになっているのをある日見つけられるのをど
れくらい前からかしら命がなくなり天国の天使たちの方へ向かって飛び立ったのはでも
吸って吐く二つの動作よ吸って吐いて

〈終わり〉

プロムナード

作―ノエル・ルノード／訳―佐藤　康

引き続くことに先立つと想像され、そして終わりの始まりとみられること

「なあ、マグ、ぼくたちの生活はもう粉々だ、見てごらん、君のスケッチ、君の三人の息子の写真、この眺め、ぼくたちの老け具合。ぼくは出ていくよ、マグ。そしてぼくは扉を開けたんだ」と、ボブはパトに言った。

「水面に映る明かりを見に、運河まで歩いて行きましょう、夜はきれいよ」と、少ししてからパトはボブに言った。

「運河が見えて広いバルコニーがある、このアパルトマンの四階に住んでまだ二週間なのよ」と、もう少ししてからパトはボブに言った。

「わたしはパト」と、パトは言った。

「ぼくはボブ」と、ボブは言った。

「わたしたちは現実を超えてるわね、ボブ」と、またパトは言った。

「ぼくたちの愛はたったひとつ、そして輝いているよ、パト」と、それに応えてボブは言った。

「あそこで横を向いてる女の人を知ってる、グレーのジャンパーを着た男性の後ろの？　困った様子であなたのほうを見てたわ」と、パトはボブに言った。彼らを北の海岸へと運ぶ列車のなかでのある日のことだった。

「これは左へ行く道じゃなくて右へ行く道だってば右へ行く」と、国有林をハイキングしたとき、ボブはパトに言った。「あなた、地図が読めないの？」と、パトは言った。

「ここで殺害が行われたんだ」と、前ルネサンス期の古い城で、ガイドブックでそう読んだボブは彼の後からついてくるパトに言った。

「どうしてそんなことが分かるの？」と、パトは言った。

「小さな扉と暗い片隅から、とてつもない物語が広がるんだ。人々はそれで満足、ぼくも誰よりも満足さ」と、ボブは言った。

「田舎へ帰らなくちゃ、クリスマスの休暇だから、そうしなくちゃ」と、十二月のある晩、夕食に海の幸の盛り合わせを食べながらパトはボブに言った。

「ぼくは友だちの家へ行くよ、何か月も前からしつこいんだよ、きれいな庭つきの家があるからって、そいつが言うんだよ」と、ボブは言った。

「列車の女の人のこと、気になってたんだけど、あれ、ぼくの義理の息子が二歳か三歳だったときに雇ってたベビーシッターだよ」と、冬の終わりにボブはパトに言った。

「ベビーシッターですって？　マジメに言ってるの？」と、マジメもマジメのボブにパトは言った。


「ジムだ」と、ボブはパトに言った。「パトだ」と、ボブはジムに言った。

「やっと知り合いになれた」と、ジムはパトに言った。

「わたしも」と、パトはジムに言った。


「身をかがめて、愛する女性の足にキスして跪き、『愛しています』なんて簡単に言えるさ」と、ボブはパトに言った。そう言われたパトは笑い、それから何かステキなことを言ってちょうだいとボブに求めた。そこでボブは言った。

「ぼくらは生きている」

「旅行会社に行ってきてくれたら嬉しいわ、でないと行けなくなっちゃうわ」と、ある朝、パトはボブに言った。

「どこに行く気なんだい？」と、ボブは言った。
「迷子になっても心配ないところよ」と、パトは言った。
「ツマト　ワタシハ、ムコウノサキへ　イキタイデス『ムコウノサキ』がちっとも通じないな
あ、ボートデ、船で、ムコウノサキへ　ウミノ、ダメだ」〔カタカナは英語〕と、ボブは島の住民
に、そして勢いあまってパトに言った。
「ワタシノ　オットハ　アッチニ　イキタイ　デモ　ワタシハ　ココニ　イタイ、分かってもら
えたわ」と、パトは島の住民に、そして勢いあまってボブに言った。
「ぼくは三日半、留守にする。セミナーがあるんだ。マルセイユの北三キロのところで。一四人
なんだ、明日の朝、八時四十七分のリヨン駅発。Cのホームだ」と、島から帰るとすぐにボブは
パトに言った。
「細かいことにはうんざりだわ」と、パトはボブに言った。ボブは聞いていたが言い返さなかった。
「行くよ、行かなきゃ。月曜日に帰るか、火曜日に帰るか分からない」とだけ、次の機会にボブ
はパトに言った。
それから、
「夕食には帰らないよ」と、ボブはパトに言った。

それから、

「週末ずっと出かけるから」

それから、

「先に寝てていいよ」、と。


「わたし悪い夢を見たわ」と、ボブが帰ってくるとパトは言った。

「悪夢は人生を甘美なものにする」と、あくびをしながらボブは言った。


「あのジムって気に入らないわ」と、七月二十一日、とうとうパトはボブに言った。

「なぜだい？」

「ジムはあなたを裏切ろうとしているわ、ボブ」

「ジムはぼくの幼なじみだよ、パト。眠ろう。明日は車だし」


南へ向かう車のなかでパトは言った。

「わたしたち、再び現実に戻ったわ」

ボブは驚いた。

「なぜ？　ぼくたち、現実を離れてたのかい？」

ボブの友人トム宅への来訪に引き続くことと先立つこと

その三月の日曜日、四階にて、
——何してるの、パト?
——片づけものよ、ボブ。
——捨てちゃうんだ、ぼくたちの生活のすべてを、パト。
——そうよ、ボブ、四階のバルコニーからね。

下から誰かの声 ——何が落ちてきたんだ?
上からボブの声 ——人生です。さわらないでください、今、下へ行きます。
——下へ行く前に、パト、ぼくは理解したいんだ。
——わたしは何もかも知ってるわ、ボブ。ジムのおかげで全部知っちゃったの。

——いっぺん降りて、また上がってくるから、パト、そしたら説明するから。

下からのカオスのような叫び　——パンティーだ、前代未聞だ、空で何が起こってるんだ、パンティーが頭の上にどしゃぶりだぜ、こりゃ驚いた、ネクタイだ、ディオール一そろいだ、何なんだこの手紙は、人生まるごと落っこちてくるのか。

上からパト　——まだ足りないの？

すでに下に降りている、ボブの甲高い声　——パト！

下からのカオスのような叫び　——また落ちてきた、なんでこんな、前代未聞だ、窓から靴下だって。こりゃ何だ？　四階の窓から靴下だ、こりゃ何だ、何が当たったんだ？　頭の上にスリッパが落ちてきたぞ、今度はジヴァンシーだ、写真だ、見せろ、こいつはいいや、前代未聞だ、見せろ、見せろ。

混乱のなかからボブの声　——全部ぼくのものだ、全部ぼくのものだ。

甲高いボブの声　——パト！　今上がる。

そのときボブは考えた。「まざまざと目に浮かぶ」と。

ジム　——ボブの幼なじみとしてあなたに言わなければならない、パト、ぼくはあなたに本当の愛情を持っている、だからあなたに言わなければならない、パト、それは友だち、幼なじみとしての義務なんだ。ぼくは、パト、あなたに言わなければ、だから言うよ、ボブのことであなたの知らないことがあるんだよ。

パト　——話して、ジム、わたしは全てを聞かなければならないわ。

ジム　——言うよ、刺すような空気のなかを湖まで歩いていこう。白鳥たちにあげるパン屑が袋に入ってるんだ。

パト　——話して、ジム、耐えられないわ。

ジム　——こんな若い白鳥たちを前にしてあなたに言うのは義務でもあれば、ものすごく辛いことでもあるけど、ぼくの幼なじみのボブ、あなたのボブにはね、ヌイイにもうひとり女がいるんだよ。

四階でパトがダメ押しする。

——全部知ってるのよ、ボブ、ヌイイに住んでる女、名前はマリ＝クレール。

——たしかに。

そのときパトは四階、四階のバルコニーから、二人がともにした生活の四分の一を投げ捨てていた。

——もういっぺん降りるよ、パト、で、上がってきてから説明するよ、と再び下に向かいながらボブは頼みこんだ。

下からのカオスのような叫び　——無駄だ、下着暮らしで死んでいく人もいるんだぞ。上等な下着だ、台なしだ、ぼくのランヴァンのパジャマをよこせ、さわるんじゃない。返してくれ、台なしだ。

上にいるパト　——すてきだったわ、あなたの言葉づかい、ボブ。

〔窓が激しく閉められる〕

この時から八時間以内のあいだ、ボブは一連の訳の分からない運動を行う。その運動が支離滅裂だということは、何人もの目撃者によって確認されている。

下からのボブの叫び、手でメガホンを作って　——パト、パト、パト、パト。

それから、

トン、トン。〔ドアを叩く音〕

ボブの息詰まる小さな声　——パト、パト、パト、開けてよ、パト。

ドア越しのパトのそっけない声　——ボブ、何もかもお終いよ、何もかも。

それに続いて、

ピン、ポーン。〔呼び鈴〕

——ボブなの？　あんた、とんだヘマしてくれたわね。

——マジにヘマなことしたよ、マリ＝クレール。ジムが彼女に全部しゃべっちゃって、パトに全部バレた。入っていいかい？

——でも、ボブ、あんた日曜日には来たためしがないじゃないの、それに、それにその日は日曜日、ヌイイでは公共の場所は閉まっていた。

その後、

一九九五年建造の集合住宅の玄関で、呼び鈴が押される。

ボブ　——ジム？

インターホンのジムの声　——ボブ？

ボブ　——話があるんだ、ジム。

インターホンのジムの声　——手が離せないんだ、ボブ。

ボブ　——ジム？

インターホンのジムの声　——ああ、ボブ？

ボブ　——幼なじみの陰口をたたいたら、どんな気持ちがするだろうね、ジム？

インターホンのジムの声　――べつに、ボブ。
ボブ　――ジム？
インターホンのジムの声　――ああ、ボブ？
ボブ　――分かったよ、ジム。

背後でボブは想像する。

ジム　――パト、ボブだ。ボブが下に来ている。

パト　――ずっとそこにいてもらったら。

それから、ほぼだいたいのところ理想的な明かりのなかで引き続き行われることをボブは予測する。

――パト、ジム、ああ、ジム、ああ、パト、パト、ジム、ジム、パト。

それからすぐにボブは考える。そしてこう思った。今起こったことはまさしく昨年七月二十一日に芽を出していたのだと。ある水曜日。


――あのジムって気に入らないわ。

――なぜだい、パト？

――彼にはちょっとつかみどころのないところがあるわ。はじめからあなたを裏切ろうとしているみたいだわ、ボブ。

——でも、パト、ジムはぼくの幼なじみだ。

昨年七月二十一日水曜日に、南へ向かう道で芽を出したことは、必然的にヴァカンスの間にその勢いを増していたのだった。

八月三日

ベッドから起き上がって

——本当にジムなんか海に連れてこなくちゃいけなかったの？

——ジムには、ぼくしか身内がいないようなもんなのさ、パト。

八月四日

セミの鳴き声

——浜辺に行くわ、ボブ、あなたも来る？

——悪いけどパト、急ぎのメールを打たなくちゃいけなくて。

——ぼくがお供してもいいかい、パト？

——ボブが来ないなら、行きましょう、ジム。

浜辺

——パト、スポーティーな体をしてるね。

——うれしいわ、ジム。

八月五日

凪

——わたし、港へ行くわ。ボブ、来る？

——悪いけどパト、この書類に目を通さないと。

——ぼくがお供しようか、パト。

——そうしてくれるなら、ジム。

港

——あなたは印象的な人だ、パト。

——ありがとう、ジム。

八月六日

爆竹

——村でお祭りがあるけど、ボブ、来る？

——悪いけどパト、交渉事があってね。

——ぼくがお供するよ、パト。

——行きましょう、ジム。

祭り

——あなたのことが好きになってきた、パト。

――ありがとう、ジム。

八月七日

にわか雨

――郵便局に行ってくるけど。パト、来るかい？

――悪いけど、私、外へ出る気にならないの。

――あなたと残っててもいいかい？

――嬉しいわ、ジム。

そしてヴァカンスが終わった。

つまり、かくのごとく夏の間に二人は結びついたのであった。

それゆえ、すでに述べたことの続きは想像に難くなく、それは白鳥のいる湖の場面およびその結果についてもまた言うまでもない。

そして今や場面は、

ここ、

ボブが登場、

場所はヌイイ、

庭つきワンルーム・マンションの玄関。二十世紀はじめの建物で、風情のある木立のすがすがしい魅力にも事欠かない。その不動産価値はこの数か月で一六・四パーセントという飛躍的上昇をみた。

ピン、ポーン。

——ボブ？

——助けてくれ、マリ＝クレール。

——ボブ、パトに出ていかれてから、あなた、本当にみじめだわ。

——ありがとう、マリ＝クレール。

その月曜の夜はヌイイの町も雨にぬれてみじめであった。


トン、トン。

——パト、パト、パト。開けてくれ、パト。

——ボブなの？　もう終わったのよ、ボブ。

そして四階のバルコニーからは、過ぎ去りし人生の最後の手紙がひらひらと舞い落ちてくるのだった。それを教養のない通行人があわてて拾い集めようとするのであった。

通行人　——親愛なるパトへ……ムニャムニャムニャムニャ、ムニャムニャムニャ、ボブ。わが愛するパトへ……ムニャムニャムニャ、ムニャムニャムニャ、ボブ。パトをお姫様にかえて、ボブをパスカルに代えたら、こうなるぞ。親愛なるお姫様……ムニャムニャムニャ、ムニャムニャムニャ、パスカル。わが愛するお姫様……ムニャムニャムニャ、ムニャムニャムニャ、パスカル。こいつはまったくぴったりだ。

ボブ　――もしもし、もしもし、その手紙はぼくのなんです。
通行人　――この手紙はパスカルがお姫様に書いた手紙。俺はパスカル、俺が愛するのはお姫様。
　こいつはまったくぴったりだ。この手紙は俺のだ。

そこでボブは三月の春霞のなかを、七四年にポルノ映画館となったかつての街の映画館、そして八三年にバーゲンセールの殿堂となってから八八年に取り壊された建物の場所に九五年に建設された建物の下までやってきた。

――ボブか？

――ジム。

――何がお望みなんだ、ボブ？

――ぼくをどうするつもりなんだ、ジム？

――こんなところへ来るんじゃないよ、ボブ。体を冷やすぜ、暖かいところへ行けよ。

(扉が閉まる音)


そしてボブは再びヌイイへ向かう。

――ボブ、泣いてるのね。

――うん。

――あなたを愛して幸せだったわ、心おきなく愛していたわ。

――ああ。

――私を笑わせて、ボブ。そしたら、あなたと会ってあげてもいいわ。

——ああ、マリ＝クレール。

そしてボブはさまよい歩いた。

そしてボブは一七区の薬局で風邪に効き目のある青と黄色の大きなカプセルをたくさん買った。それからトロカデロの薬屋で痛み止めの緑と赤のを買い、さらにエトワール広場で肝臓に効き目のある茶色と紫色のを買い、さらにはワグラム通りで膀胱炎に効き目のあるどぎついピンク色の丸薬を買い、最後にはそこから五〇メートル先で痙攣に効き目のある真っ白な錠剤を買い、店じまいにかかっていたクルブヴォワ街のアイリッシュパブで、ギネスビール三杯をたて続けに飲みながら、買ったその薬を五錠ずつまとめて全部飲んだ。それから彼はトイレに入り、ハンドクリームひと瓶を空にした。

——あなたいつまでバカなことする気なの、ボブ？　本当に困った人ね、見てごらんなさいよ、病院のベッドで検査用の上っ張りを着てるのよ。胃の洗浄をしたのよ。

——でもパト、これは君のせいでやったんだ。

（乾いた靴音。そして右に曲がる）

——あなたって不幸を呼ぶ男ね、ボブ。本当に困ったもんだわ。見てごらんなさいよ、この患者用の上っ張り、このけばけばしいチューリップ、この剝き出しの壁、この音が鳴らずにランプがつく電話器。

——でもマリ＝クレール、これは君のせいでやったんだ。

（靴音が、遠ざかり、そしてまた近づいて鳴る）

――あなたに買ってきたのよ、食べて、このイチゴ入りチョコレート。

（靴音が遠ざかる）

――もっと大人になろうよ、ボブ。見ろよ、困ったもんだぜ、このチョコレート、このしおれそうな花、失敗と不幸の美学そのものだな。

――でもジム、これは君に背中をおされてやったことなんだ。

（しっとりした靴音、それが軋んだ音をたてて去っていく）

――もうちょっとしたら（トムという新しい友だちがここで舞台に登場する）、繰り返すけど、もうちょっとしたらボブ、元通りになるよ。元気になってぼくの家に遊びに来てくれよ。この前来てくれたのは正月だから、もうずいぶん前になるな。覚えてるだろ、君ったら庭の西のはずれの石垣から落っこちてさ。覚えてるだろ、君、石垣に上ったんだぜ。ウチの石垣に。上ってあいさつするんだって言ってさ、ボブ。

――ああ、トム、君は友だちだ。

――ウチへ来てくれよ。

――ああ、トム、君はぼくのたったひとりの友だちだ。

――郊外鉄道（ＲＥＲ）に乗って迎えに行くよ、ボブ。もうパトやジムやマリ＝クレールの話は一切なしだぞ。

――誓うよ、トム。

友人トム宅に到着したボブがすかさず行った逃走に引き続くことと先立つこと、そして太古の昔以来、理不尽な戦争からまぬかれている国への彼の突然の出発

トム　ああ、ボブ、その、
いいんだよ、
ボブ、ああ、だから、ボブ、
いいんだよ、
ああ、ボブ、だから、
ああ、
その石垣、
ボブ、
あの石垣、お正月に君が落っこった石垣——
庭の西のはずれの石垣、君がぼくの姉さんとだんなさんにあいさつをするって言って上った石垣。庭の西のはずれ、君が上った、ぼくの姉さんとだんなさんに君があいさつをした、で君が落っこちた、庭の西のはずれの崩れかかった石垣、ぼくが何の話をしてる

か分かるかい、ボブ？

ボブ　はい？

トム　あれをさ、

いいんだよ、

あれをさ、そう、あの石垣だよ。石垣を、そう、

石垣を取り壊したんだよ。

ボブ　お姉さんにあいさつ？

君のお姉さん。

トム　ぼくの姉さんに、そう。それからだんなさんにもさ、ジョルジュ・エミにじゃなくてだよ。ちがうよ、時間が早すぎるだろ、考えてみろよ、ボブ、ぼくの姉さんとだんなさんにだよ、ボブ、考えてみろよ。

ああ、

ぼくが言ったろ。

彼らが、そう、

その後すぐに車で事故ったんだ。

ボブ　お姉さん？

ぼくはお姉さんにあいさつなんかしなかった。そう、確かに石垣には上った。だけど誰にもあいさつはしなかった。石垣の向こうの駐車場には誰もいなかった。お姉さんとだんなさん、ぼくは誰も見かけなかった。誰にもあいさつしなかった。

本当に、
申し訳ないな、
二人とも交通事故に遭ったんだとしたら、
トム、
トム、申し訳ない。

トム　ベスがぼくに言ったんだ、ボブからあいさつされたって。ぼくも君を見たんだ、君を見たんだよ。ぼくは庭に面したガラス戸のところにいた。ぼくは君が石垣の上に上ってるのを見た。注意する間もなかった、「ボブ、落っこちたら顔がメチャメチャになるぞ！」って。君が手を振るのが見えた。そして君は転落した。姉さんが言ったんだ、「あなたのお友だちがあいさつしてきた。で、それから姿が見えなくなった。石垣の上から転落したんだわ」って。マトとふたりして車で事故に遭う前だった。姉さんは一語一語ゆっくりと話してくれた。

ボブ　君のお姉さん
トム、

トム　駐車場には誰もいなかった。お姉さんはデタラメ言ってるんだ。
姉さんのだんなさんも姉さんに言ったんだ。「ベス、こっちに向かってあいさつしてるの誰、あの崩れそうな石垣に上ってるのは？　あいつ、顔をメチャクチャにするぞ。そらみろ、やっちゃった！」
こんばんは、ルーおばさん。

ルーおばさんです、ご主人をなくされて。

ボブ　お姉さんのだんなさんは、ぼくの顔がメチャクチャになったのを見たんだ。

トム　ベス姉さんの夫のマトは、手を振って合図してる君を見た。そう言ってる、見たんだ。

ボブ　それはぼくじゃない。

トム　ベスとマトは断言している。正月に石垣の上から君が手を振って合図を送ったと、そう断言してる。ぼくもそう断言する、そして、うちは、新しいのを作った。

ボブ　トム、実際、あの石垣は頑丈じゃなかった。いいんだよ、

一瞬、彼女かと思った、

よかったんだよ、壊して。壊した後、どうしたんだい、トム？

トム　柵を、

ひとつ、

ボブ　どう思う、お姉さんは良くなるのかい？

だんなさんのほうは？

良くなるの、良くなるのかい？

トム　姉さんはなんともなかった。だんなさんは脚が悪くなった。柵を作ろうっていう考えは

ぼくが二人に話したんだ。二人ともいい考えだって思ってくれた。

ボブ　柵だと誰でも入ってきちゃうな、トム。柵ってのは、どっかからは入ってこられるもん

だ、気をつけないとな、トム。

トム　ああ、きっと君の言うとおりだな、ボブ、誰かがぼくの家に**コンチハ**って入ってきたら。

ボブ　ぼくの理屈だけど。
トム　ああ、ああ、ああ。この季節、庭はきれいだよ、とくに夕方は。豪雨じゃなければね。石垣があって景色は見えなかったね、庭は見えなかった。ボブ、石垣でふさがってたしね。
ボブ　だからぼくも、向こうの景色を見ようとして石垣に上がったんだ。
トム　うん、景色ね。べつにどうってことない、本当にどうってことない景色だけど。
ボブ　どうってことない景色だけど、トム、ぼくの記憶が正しければ、駐車場のすぐ向こうに分譲地があったろう。
トム　そこに姉さんがだんなさんと住んでるんだ。
ボブ　君のお姉さんがか。
トム　ああ、君が正月に石垣の上から合図した姉さんだよ、ボブ。
ボブ　正月、ぼくは誰にもあいさつなんかしてないよ。石垣の上から、
トム　今はもうない石垣、
ボブ　いいことだね、トム、石垣がなくなったって。
トム　とにかく、あのとき、ぼく、死ぬかもしれなかったね。何を言ってんだよ。三メートル二〇センチ、

ボブ　たいした高さじゃないよ、三メートル二〇センチ、地面に落ち葉がつもってて、それがカーペットになってて、いいクッションになって君を受け止めた。なのに、ねえ、落葉のカーペット、そんなものなかったさ。ぼくは運よくうまく着地したんだ。週に二回、マダム・ゾン・シーの道場に通ってるおかげさ。

トム　姉さんたちはそこまで運がよくなかった。彼らのフィアットが走ってた。そこに別の車がぶつかってきた。何があるか分からないもんだね。一直線の道路で、月明かりの晩だった。でも運がいいところもあったんだ。すぐに救急車が来たからよかったんだ。姉さんたちは半年前に別荘を買ったばかりでね、それが月明かりの晩に直線道路でぶつけられるとはね、でも救急車がすぐ来てよかったよ。

ボブ　お姉さんたちに申し訳ないな。トム、運が良くて良かったよ、ぼくも石垣から落ちて死ななくてよかったよ。

トム　柵にしたら向こうの風景が見えるんだ。今ではぼくの家からベスとマトの別荘の裏手が見えるんだ。分譲地でいちばん新しい別荘なんだ。丸い屋根瓦の別荘でね。

ボブ　あのぐらぐらする石垣はもうないのか、

それはいい。

でも、柵だと、

柵はな、

なあ、トム、
柵は、
なあ、
ドアを開けっ放しにしてるようなもんだぜ。
ベス&マト　トム、ああ、トム。
トムだわ。
ベス　トム。
トム　ベス、ベスとマト。
ベスとマトだ、ボブ。
マト　ボブ、
君か、
彼だろ?
正月に、
石垣の上から家内に合図したの、
あれを壊すことにしたのは正解だったな、トム。
トム　でもボブは、柵にしたのはいい考えじゃないって。
マト　柵でいいじゃないか。
ボブ　聞きました、
事故のこと、

もう、

ベス　治りましたか？

トム　私はね。でもマトは脚が。ねえ、ボブが言うんだ、ねえ、言うんだよ、正月に石垣に上って姉さんにもマトにも合図なんかしてないって。

ボブ　トム。

マト　でも、家内が。

ベス、君も言ったよな。

ベス　マト、あなたが言ったのよ、見ろよ、トムの家の石垣の上から合図してるやつがいるぞって。

トム　いいんだよ、いいんだよ、ボブ、いいんだよ。

ボブ　トム、でも。

ベス　わたしたちは別荘にいたの。

トム　駐車場の後ろの、石垣の後ろの、昔の石垣の。

ベス&マト　丸い屋根瓦の別荘。

マト　石垣でトムの家の庭が見えなかったんだ。トムの庭、きれいなのに。

ベス　きれいよね、トム、あなたのお庭、とくに豪雨がなければ。だってここの豪雨ってすごいじゃない。

マト　やっぱり君だったと思うよ、石垣の上から友情の合図を送ってくれたのは。

ベス　その話、満月の夜に車をぶつけられたときにもしてたわよね、
　マト、
　覚えてる?
マト　ああ、
　何が起きたか理解できなかったんだ。ベスとおしゃべりしていたから。
　覚えてるだろ、ベス?
ベス　ええ。
　あなたの話をしていたのよ、あなたの転落の話、あなたが石垣の上から合図したこと。
　ぶつけられて、道路脇へ吹っ飛ばされたの。でもよかったわ、すぐに救急車が来て。
　その時、
　すぐに。
マト　脚を悪くしてね、脚を悪くして、
　でも大丈夫。もっとひどいことになってたかもな。こんにちは。
ベス　こんにちは、って、誰?
マト　知り合いだと思うけど。
ベス　運がよかったのは、そうだけど、でも、
トム　石垣がなくなってよかったよ。
マト　救急車がすぐに来なかったら、もっと重症だったろうな。
トム　柵なら誰も転落しない。

ベス　もしも石垣の上から合図してくれたことを話してる最中じゃなかったら、明るかったけど夜、目の前で何が起きて、ぶつけられて、道路脇へ吹っ飛ばされたのか、わたしたち、この目で見られたでしょうね。
それで、あなた、脚を悪くして、
一生。
マト　脚は悪くしたけど、ベス、もっと重症だったかもしれないんだよ。
ベス　はい、はい、はい、死んでたかもしれないわね。
マト　すぐに救急車が来なかったら、そうなってたかもな。
ベス　救急車が後をつけてきたのかと思ったわ。
マト　正面からも後ろからも、何が来たのか分からなかった。ぼくたちは君の合図の話をしていたから。
ボブ　ぼくも死んでたかもしれない。
ベス　でも、とにかくトムの家の庭は見えるようになった。きれいだし、とくに夕方は。
それに、トムだって眺めがよくなったでしょ。
トム　眺めといっても、特別な眺めじゃないし、べつにどうっていう眺めじゃないけど。駐車場がきれいかな、別荘地の家並みがきれいかな？
ベス　丸い屋根瓦、丸い屋根瓦。
私たちの家の瓦、見た？　見たでしょ、瓦？
ボブ　ぼくには駐車場と分譲地が見えた。あとは気づいたら地面に落っこってた。

トム　トム、死んだかと思ったよ。
ベス　落葉の上に落ちたんだ、落葉のカーペットの上に落ちたんだ。
瓦は見えなかった、言わないで、
丸い瓦なの。
丸い瓦なの。
マト　それだけが、ウチの魅力でね。瓦が丸いんだ。
トム　君は脚を悪くしてない。落葉の上に足から着地したのさ。マトは脚を悪くしたけど。
ボブ　なかったんだ。
マト　ベス、行こう、行こう。
ボブ　なかったんだよ、
トム、
落葉なんか。
ベス　だから決めたの、
ボブ　落葉はなかったんだ。
ベス　だから決めたの、あの瓦だったから。あの瓦を見て。わたしが言ってること、覚えてない？
マト　ベス、

時間だ、リハビリに行こう、ベス、
行かなくちゃ。
ベス　そうね、マト、そうね。
でも、ボブ、家の瓦を見に来てね、夕方がいいわ。ぜひ夕方見てちょうだい。はい、行くわね、はい。
マト、行きましょう。
トム　リハビリまで、もうしばらく時間あるんでしょ、マト。
ボブ　それほど脚をひきずってないじゃない、トム、話を聞いてると、ぼくには分からないけど、障害者みたいに聞こえるけどさ。
トム　一生、かわいそうに、一生リハビリするんだよ一生、リハビリしたって治らないんだよ、無駄なだけなんだよ、一生脚をひきずって歩いて縮んでいくんだよ。みんな言うんだ、たいしたことないさ、もっとひどかったかもしれないって。姉さんが言ってるんだよ、もっとひどかったかもしれないって、それを受け売りしてるんだ、もっとひどかったかもしれないって、姉さんが言うように。でもマトは脚をひきずって歩き続けて縮んでいくんだ。
ボブ　ひきずってても、ちゃんと歩けるだろ。歩くしかばねってわけじゃない。
トム　運が悪い、運が悪かったんだ。
マト、

ボブ　ただ幸いだったのは、
救急車が、
トム　いいや、別荘さ。彼らは欲しがっていたんだ、別荘を。別荘の瓦を、夕方の瓦を。
輝くんだ、ベスに言わせると、
キラキラするんだ、
彼女に言わせると、
燃え上がるんだ、
燃え上がるんだ。
そう、夕日のなかに、燃え上がるんだ。
瓦が、
瓦が夕日のなかに燃え上がるんだ。
ボブ　トム、
丸い瓦はここでは、
ここはそういう瓦にする地方じゃない。
トム　そうなんだけど、ボブ、ベスが言うんだ。
夕暮れの大気のなかで、瓦が燃え上がるんだ、
ボブ、
月明かりに瓦がピカピカ光るんだ、
ボブ、

燃え上がるんだ、
なのに、マトは脚をひきずって縮んでいく。
マトは、
もし、君があんな馬鹿な合図を送ってくれなかったら、
マトは、ああはならなかったんだ。

ボブ　おい、トム。

トム　なあ、ボ……

ベス　リハビリの先生が、
リハビリの先生に何が起こったか知ってる?
すれ違ったのよ、
さっき、探偵のクロードさんたちと。

マト　悲劇だ。

ベス&マト　先生はね、トム、
先生は逮捕されて、トム、彼は……
クロードさんたちが言ってたけど、
国で大勢の人を処刑させたんですって、

わたしたちはその場に釘づけになった。

すごく献身的で、親切さの権化みたいな、
二人といないあの先生が、
いつもあなたのことを話してくれるあの先生、
あの二人といない先生、本を読んで歌を歌ってるあの先生が、

晴天の霹靂だわ、悲劇だわ、クリームみたいに柔和な人が、
何十万人もの死者、あの優しい人が、
マッティを助けてくれた彼が、晴天の霹靂だわ。

クロードたちの一人　みなさん、お座りでしょうか?
マト　なんの前ぶれもなく、
クロードたちの一人　ブルースさん。
クロードたちの一人　先生が自殺しました!
ベス　ああ、ブルースさん。
クロードたちの一人　ブルースさん。
クロードたちの一人　ブルースさん。
　運動会のピストルで、
マト　泣きたいわ!
クロードたちの一人　先生は笑って、そして自殺しました!
ベス　先生は笑った。

マト　胃にれんがが詰まった気分だ。
クロードたちの一人　地域にとって大打撃です。
マト　ぼくの脚はトゥルグットさんに治してもらいました。
ベス　あなたの脚はあの死刑執行人のおかげで歩けるようになったのよ。
クロードたちの一人　もちろん、トゥルグットさんはトゥルグットという名前ではありませんでした。
マト　拷問係ね。
クロードたちの一人　それなしには彼のシステムは破綻したのです。
クロードたちの一人　ブルースさん。
クロードたちの一人　あなたは幾度も運命に弄ばれたのです。
クロードたちの一人　ブルースさん。
ボブ　ぼくも一度弄ばれました。
トム　わかったよ、ボブ。
クロードたちの一人　あなたの靴下は左右不ぞろいですね。いや、あなたの靴下は、これを見ろ、クロード。
ベス　泣きたいわ！
クロードたちの一人　クロードさん、すべてを整理してみないといけませんね、ブルースさん。クロードさん、来ますか？
クロードたちの一人　行きましょう、クロード、クロード・ブルースさん。ではまた。

ベス　あなたたち、くだらない話を持ちださないで！　——わたしには分かってるんですから——政治の話は持ち出さないで。

マト　よろよろ歩く人間もいれば、まっすぐに歩く人間もいるってことさ、ベス。

ベス　そうね、マッティ。

マト　苦しみもなく脚を持つ人間と、傷だけを知る人間とが。

ベス　そうね、マッティ。

トム　ベス、彼は頭がおかしいよ。

マト　運も才能もないからコネを使う、あんたそういう人間の仲間だな。見りゃ分かるさ。

ボブ　ぼくが？

トム　ボブ、この人は車でぶつけられたんだ。

マト　マト、あなたは車でぶつけられた、でも、マトは、ボブ、マトは頭がおかしいんだよ。

ボブ　完璧な人間は石垣の上から世間を見下してるってわけか。

トム　トム？

トム　ボブ、この人は頭がおかしいんだ。

ベス　ベスはいいんだけど。

ベス　わたしたち死ねばよかったのよ、

トム　わたしたちはひっくり返された。

道路脇へ飛ばされた。

マトはメチャクチャにされた、あなた、ただただ、メチャクチャにされただけ。

トム　メチャクチャにされちゃいけないのに、絶対、絶対、絶対いけないのに。

ベス　分かったよ、ベス。彼はメチャクチャにされた、ひっくり返った。ボブは転落した。ぼくは石垣を壊した。それが人生さ。

マト　でも、マトは脚をひきずっている。

ベス&マト　あなた、一生脚をひきずっていくのよ。

そして縮んでいく。

そして人殺しによって応急手当てをされたわたしとわたし以上に笑っている彼は、あの人が逮捕されて詫びもせずに自殺した今どうやって生きていけばいいのだろうどうやって。この問題の外側にとどまっている人たちもいるけれどマティやもちろんベシィにとっては目的はただひとつ、あなたはそう言ったわね、マティ、道路脇にひっくり返され、へし折られ、潰され、壊死させられて、ぺしゃんこにされたわたしたちなのだから。

ベス　これからは、トム、友だちをよおく選んでね、トム。

トム　君のせいで、ボブ、ぼくは姉さんとその夫とけんかになる。

ボブ　トム。君はぼくの新しい友だちだと言ったよね、トム。

トム　君のせいでぼくは石垣を取り壊したんだと思うとね。

ボブ　君はぼくと友だちだと言ったよね、トム。

トム　ああ、それはいやだな、ボブ。

ボブ　じゃあ、もうさよならだな、トム。

友人であると信じていた人物宅への訪問に失敗した後、自然のなかで永遠の平和を長年にわたって保つ国、ボブが十歳のときに行ったことがあり、爾来、未来永劫、奪われざる幸福の観念と彼が結びつける国で再び発見されたボブの、説明のつかない失踪に引き続くことと、ちょっぴり先立つこと。

最後にいかなる明白な形跡も残さない不可能な悲劇の場面の最前部にはシェイラとその祖母、その後方にはスーツ姿の幾人かの太った人々。

祖母　湖も見える。アヒルもいる。パン屑もある。景色も見える。音も聞こえる。気晴らしもある。＝アヒルに餌をおあげ。

太った男　写真は済んだ。お遊びの時間だぞ。

（喜びの表明）

空気もある。
場所もある。

自然もある。
風もある。
太った女　わたしにはいつも天使たちがついてるの。
太った娘　わたしの家からは、あたりが広々と見渡せます。
輝く湖。湖にうかぶアヒル。パン屑いっぱいの籠。
全部、全部、景色も音も自然もある。大きなものも小さなものも、無限のものも。
太った少年　ホーホー、ホーホー〔フクロウの鳴き声〕。
雑誌のストックもある。
太った少年　ホーホー、ホーホー。
本は嫌いで雑誌が好きなのかい？
太った男　自動カメラをすっかり使いきったな。
太った女　彼は何でも知ってるし、何でもうまくやっちゃう。エースなのよ、ウチのリッキーは。

太った少年　ホーホー、ホーホー。

すてきな湖のほとりですてきな本と大型の豪華な雑誌とアヒルが喜ぶ固くなったパン、わたしは好きだね。
雰囲気もいい。霧もある。露もある。陽射しもある。暑さもある。寒さもある。山もある。日も暮れる。情緒たっぷりだね。

太った少年　ホーホー、ホーホー。

アヒルは嫌いかい？

太った男　ホーホー、おチビちゃん。

太った娘　見晴らしがよくて、わたしたちは開放的、健康的でご機嫌だわ。

夕暮れに聞こえないかい、滅びゆく太陽のおののきが？　美しくないかい？　美しくないかい？
霞のなかに滅びゆく太陽は美しいな。

太った男　シャンパン、それからキッス、それからおねんねだよ、子どもたち。

太った女　なんて陽気なんでしょう、うちのだんなさまったら。

太った少年　ぼくは大きな魚を見た、ぼくは大きな魚を見た。
太った娘　わたしたちは可愛がられて、満ち足りて、甘やかされてるわ。

あたりに広がる広大な自然が嫌いかい？

あんたは口が重いね！　くそ！　あんたは口が重いね！

この季節には雨さえ降らない、晴れまた晴れ。ねえ、ごらんよ、なんて口が重いのかね！

あんたは本質が分かってる、でも、自分ではそうとは思ってない。

太った男　わたしがお前を、お前が彼女を、彼女が私を、みんなでくすぐりっこしよう、おデブちゃんたち。
太った少年　ぼくも入っていい、ぼくも入っていい？
太った女　この肉のたるみのすべて、この脂肪のすべてが美しいわ、素晴らしいわ。
太った男　わが子よ、ここにちょっとおいで。
太った娘　わたしにもやらせてくれる、ねえ、ナディーヌ？

ここには完璧なイメージがある。小さな花々がある。流れる水がある。この景色まるごとさかさまに映す水面がある。

いつまでも変わらない風景だ。心の支えになるね。

ちがうかい？

静けさがある。幸福がある。時間もあんたのものだ。

安っぽい人生じゃないんだよ。

パッとしちゃいないが、必要なだけの服はある。

ここで必要な服はそろっている。

何でも不自由なく使えるよ、ファイトだ、そら、さあ、黙ってるんだね。

若さがなくても、まあいいだろう。

美しさがなくても、まあいいだろう。

自然があるんだ。

＋アヒル。

＋パン屑でいっぱいの凝った細工の籠。

（夕方の）四時から（砂利の）坂道に沿って（急に）下りてくる（紫色の）闇がある。そしてひと息ついて眺めるのにいい景色が見えるベンチのある、ちょっとした散歩に理想的なすばらしい小道がある。地元の教会の周囲の、地元の名士たちの（クラシックで）美しい邸宅のなかに（地元の）名士たちがいる。片隅には、そう、それなりの家のなかに、そう、それなりの片隅の人々がいる。ここからは見えないけれど。

年に一度、サーカスもやってくる。

太った男　さあ、さあ、みんな、あとは明日のお楽しみ。
太った娘　うちのおデブちゃんって楽しいわ。

太った女　ああ、いかにも金持ちって感じのこういう脂肪がよく似合うわ。

太った娘　約束どおり、チビちゃん、さわってごらんなさいな。

凍りついた雑誌と凍りついてない雑誌に交じって、ほら、アヒルの罠がある。＋残りの全部。緑茶の入れ方。イスタンブールで二人だけの散歩。ブロンドの王女の結婚についてのすべて。夢のようなクリスマス・イヴの晩餐をご一緒に準備しましょう。あなたの金塊を売りさばきなさい。本当にあった話。——それからあなたが想像するすべてのこと。あなたの雑誌＋煙が出るあんたのパイプ＋あんたが見ている景色＋夜の冷え、あるいは南から照りつける真昼。雰囲気もある、上等の。

太った男　そのとき、彼が彼女に、パパがほっそりした女中に言った。あなたはコソボ難民だ。私のを舐めろ。そうするしかないんだぞ。そして私たちにはあなたの物語は勘弁してくれ、あなたのおぞましい体験は。私たちにだって私たちの悲劇があるんだ。私たちの息子はホモセクシュアルなんだ。

太った女　なんて可笑しいの、笑っちゃうわ、おしっこちびっちゃうわ。

太った少年　もうひとつ、もうひとつ。

太った男　私たちの娘は麻薬を打ってエイズになったんだぞ。

太った娘　なんて可笑しいの。涙が出ちゃう、もうダメ。

あんたは、顔を見れば、おや、ウチの女中みたいだよ。

これ全部、おじいちゃんがあんたのために作ったんだ。
あなたのおじいちゃんがこれ全部、求めもせずに手に入れたんだ。求めもせずに手に入れるすべを、おじいちゃんは知っていた。
行儀が悪いね、シェイラ。
あなたは胸糞が悪くなるような受け身と、スキャンダルへの欲望との間をたゆたってる。

太った男　さあ、みんな、ちゃんとできるだろ、おばあちゃんたちにお礼を言って、パパを喜ばせておくれ。

太った女　リッキー、あなたと大笑いだったわね。
太った娘　デブ兄ちゃん、あなた、もう、いい顔してるわよ。
太った少年　もっと笑おう、もっと。

おじいちゃんが大好きで、たっぷり商売で儲けたこの国をあなたが馬鹿にしたら、おじいちゃんが気を悪くするよ。

太った男　面白かったか？　さあ、可愛い子ちゃんたち、愛の巣は道すがらということにしよう。
太った娘　行こう、ナディーヌ！
太った少年　ナディーヌ！
太った女　はーい、ここよ。

太った男　水辺ですてきな一日を過ごしたお前たち、満足したかい？

太った女　上機嫌って、すぐに消えてなくなっちゃうのよね。

太った娘　ホント、ヘンよね。

ボブ　ここは本当に幸せに暮らせるいいところだね。

祖母　お前が持ってないものと、お前が余分に持ってるものが、ちゃんとバランスがとれるようになってるんだよ。

だけどね。

ボブ　もうその当時、アヒルはいた。覚えているよ、こんなふうにすてきな青い湖の、静かな水面に浮かんでた。

そして彼は脚を開き、腰に手を当てて、深く息を吸い込んだ。明日からぼくは小さな船を借りるよ。

祖母はわめいた。

全部お前のものなんだ。そしてお前は自分が愚かだと分かっていない、シェイラ。

シェイラはどなった。

おばあさんを窒息させて。

お願い。

ぼくには窒息させる才能はないな、とボブは飛び上がった。

シェイラはどなった。

この夢のゾーンはことごとくおばあさんのものだ。

ぼくはほんのちょっとだけ薬のカプセルに詳しいだけさ。

シェイラはどなった。

もし彼女が死んだら、このクソみたいな夢は全部、わたしのものよ。

ぼくはやっぱり向こうの西の岸辺へ行くよ、とボブは思いつきで言った。

祖母はわめいた。

わたしらは西の岸辺にいるんだよ。

じゃあ、南、南の岸辺だ、とボブは修正した。

シェイラはどなった。

どうしてなの？

ぼくは子どもの頃、ここへ両親とおばさんと一緒に来たことがある。何もはっきりとは分からないけれど、とボブは語った。

シェイラはどなった。
そんなことをあなたに聞いてないわ。

だったらごめんなさい、とボブは詫びた。

シェイラはどなった。
少なくともアドバイスくらいはしてちょうだい。

おばあさんを水に突き落としてごらん、とボブは提案した。

祖母はわめいた。
シェイラ、お前はバカだよ。
シェイラはどなった。
分かってるわよ。
祖母はわめいた。

最後の籠をおよこし、シェイラ。

すてきな夜を、さよなら、とボブは姿を消した。

明らかにならなかったことに続くことと先立つこと

（花ざかりの小さな庭の入口で、男が冷たい空気にあたりながら）
　そう、ぼくは彼を見た。
そう、彼は通った、あっちを、そう。
彼はあの。登り坂を歩いていた。
夜。彼女が来ていた、そう。
いや。
全然。
青ざめて、そう。
絶望的な様子で、いや。
フランソワーズ
絶望的な様子で、いや。
（花ざかりの小さな庭の入口で女が男と出会って）

いいえ、いいえ、
あっちへと、彼は行った。
まだ夜ではなかった。
彼の顔は見えなかった。
背中だけ。
でも、しっかりした足取りで。
口笛を吹いて。

（男は女に同意する。そして庭では見かけない見知らぬ子猫が庭から出ようとするのを、足で押し返す）
でも、口笛を吹いて。

（男は彼自身、その証拠を示すことを忘れたことに気づいて感じ入り、そこで古代的で絵画的な一連のしぐさを繰り返す。すんでのところで飲み込んでしまうにふさわしい感情が現れる症状である）
彼は口笛を吹き吹きしている。

（女は男の神経の変調には気づかないふりをして、
1）彼女は彼の感情を傷つけたくない。

2）感情が退けばそのうち、システムが元に戻ることを彼女は知っている。彼女はすぐに子猫をつかまえて、きわめて自然なイメージをそれ自身、与えるにちがいない激しさをもって、子猫を胸に抱き寄せる）

すべては迫り来る夜、ポケットに両手を突っ込み口笛を吹いて、刈り取られた麦藁の匂いのなかを、眠りにつく前にしばしの夜の散歩に出かけるように。

（まだわずかの間、バランスを回復できない状態の奴隷となった男は、鉄のゴミ箱の蓋に見事な一撃を手のひらでくらわし、子猫は善良なる女の腕から飛び出してしまう。ショックの恐怖はいつまでも大気のなかを彼方まで響き渡る。とうとう訪れた暗闇のなかを、男と女は四つん這いになって子猫をさがす）

解題

フィリップ・ミンヤナ『亡者の家』

一九四六年ブザンソンに生まれる。ブザンソン大学で文学修士を取得後、八年間フランス語の教員を勤めてから劇作品を発表し、俳優としても舞台に立つ、彼の戯曲がつねに演劇の制作現場との密接な接触を背景にして成立しているのも、俳優の経験が反映されていると言える。四十編あまりの戯曲の大部分が Editions Théâtrales 社によって出版され、ほとんどの戯曲が上演され、ラジオで放送されたものもある。またオペラの台本やテレビ映画の脚本も執筆している。『財産目録』(一九八七)、『部屋』(一九九三) はバカロレアの演劇部門の選択問題に出題されたこともある。『アンヌ・マリ』(二〇〇一) は同年十一月に世田谷パブリックシアターで宮沢章夫によってドラマリーディング形式で紹介されている。一九八八年には『財産目録』でSACD (劇作家・演劇音楽家協会) 賞を、九一年には『ジョジョ』で音楽批評賞を受賞し、モリエール賞には三回ノミネートされている。二〇一〇年にアカデミーフランセーズ演劇大賞を受賞、その栄誉を称えてパリ市立劇場が二〇一一年二月末から三月初旬にかけてアベス劇場において、五つの未刊戯曲を「身近な人の叙事詩」というタイトルの下で連続上演した。現代のフランスの劇作家のなかで上演頻度の非常に高い、最も人気のある劇作家の一人である。

『亡者の家』は一九九五年にフランス・キュルテュールで放送された後、一九九六年にカンペールで初演された。その後何度か上演されて二〇〇六年にコメディ・フランセーズによってヴィユー・コロンビエ劇場で新たな上演台本を用いて再演された（本訳はこの台本を基にしている）。

ミンヤナの演劇は、彼自身啓示を受けたと語るヴィナヴェールの「日常の演劇」の系譜に分類されることもあり、題材も三面記事から借りて来たものが多い。何ごとも起きない、あるいは何かが起きてもそれが劇行動に大きな影響を及ぼしはせず、まさに実に日常的な現実が舞台で繰り広げられ、劇的なことは何も生じはしない。ベケットを彷彿とさせるが、筋立てはベケットより理解しやすい形で現れるように見える。しかしそれも束の間、展開に脈絡がなくなり、整合性も収束性も消失していく。登場人物の心の動きらしきものも垣間見られるが、人物の心理に焦点が当てられることはない。戯曲のなかでは科白に全く句読点が打たれていず、しばしば同一の科白が繰り返され、対話も噛み合わないことが多い。句読点なしでひと繋がりになった独白では、言い落としや言い直しが多用され、日常の発話時の生理がリアルに体現されているかのようである。『亡者の家』はこうした形式で書かれているだけでなく、副題にあるように、「俳優と人形のための戯曲」とされている。「人形」はプロローグに出て来るマネキン人形だけでなく、ト書きの指示から見ても、俳優を人形と未分化なものに見なそうという考えに裏付けられていると思われる。これはジャリ、クレイグ、バティの系譜に繋がるものである。また原戯曲巻末にあるインタヴューのなかで「わたしが招集するのは人物《フィギュール》＝形象であって、登場人物ではない」と語り、その人物＝形象は「世俗的な聖史劇」のなかで「人類の壮大な神話と大きな災禍を寓意的に表象するのである」と述べている。ミシェル・コルヴァン編集『フィリップ・ミンヤナまたは目に見える言葉《パロール》』（Editions Théâtrales）のなか（「ミンヤナにおいて意味をなすのはフォルムである」）でコルヴァンはこれを「ロボット化」と名付けている。またコメディ・フランセーズの正劇団員カトリーヌ・イエジェルへの献辞（この戯曲は彼女を念頭に置いて書かれた）のなかで「ことは六〇年ほどのあいだに展開する」とされこの戯曲に物語性が備わっているように見えるが、「人類の短い物語であり、伝説である」とも言ってイエジェル演じる「三つ編みの女」の人生も心理も出自も明らかにされず、特定の物語には収束していかない。

演劇情報紙『ラ・テラス』二〇一一年三月号のインタヴューのなかで「演劇とは音とリズムであり、これらが意味を作り出す」と述べ、前出のコルヴァンの評論の引用のなかでは「下痢のように出て来る言葉が突然厚みを増し、生々しい真実味を帯びてくる」と語っている。音楽のように流れて来る言葉こそ人物たちの生の奥底に潜むものを浮かび上がらせるのであり、それゆえミンヤナはしばしば戯曲を「楽譜」のように考える。『亡者の家』はプロローグとエピローグのあいだに六つの mouvement があるが、これは「楽章」のことなのである。

ベケット以降の劇作家たちの営為をふまえつつ、劇形式を模索しながら、「日常」に基盤を置いた演劇の可能性を探るミンヤナは、二十一世紀において極めて重要な作家の一人であると言える。

（齋藤公一）

ノエル・ルノード『プロムナード』

語弊があるかもしれないが、ノエル・ルノード（一九四九〜）は演劇作品を、それが上演されることを念頭に置かずに書く作家に属している。通俗的な意味での「芝居」の世界には馴染めない「演劇嫌い」の系譜にある彼女は「演劇に抗って」書く作家だと言えよう。それは多分に彼女の経歴とも関係がありそうだ。

ルノードが演劇作品の執筆に手を染めたのは二十七歳の時であった。それまで彼女は美術史や日本語を学ぶ学生だった。その後、通俗雑誌にペンネームで大量の小説を書いて収入を得ながら、先鋭的な演劇批評誌『テアトル／ポピュレール』の編集に関わり始めたことから、しだいに演劇との関係を持つようになった。その関係で友人の俳優からモノローグ作品の執筆を依頼されたのが演劇作品を書くきっかけになったのだが、彼女には演劇作品の書き方が分からない。それは「会話」があれば成立するのか、「筋」があれば成立するのか。ルノードは既存の演劇作品の概念をすべて疑い、あたかも「戯曲」を分解点検するかのように、そのひとつひとつの要素をあえてなくしたり、過剰に加えたりして作品を書き始めた。したがって彼女の作品はいずれも短くて実験性の強いものが多い。

ただ一作、『私のソランジュ、私の災難をいかに書き伝えよう、アレックス・ルー』のみは書物にして三五〇ページに及ぶ巨編であるが、この長大な作品にしても手法としては無数の物語なき断片の集積、あらゆるスタイルの語りの絵巻物なのであって、その意味では他の作品と質的に異なるわけではない。何百人という人物が登場するが、本質的にはたった一人の俳優が「語る」という行為のみで演劇が成立するかどうかを検証する実験であった。もはや俳優は特定の「人物」になることすら諦めざるを得ない。ルノードにとっては「パロールの集積が構造体を形成するのであって、構造体からパロールが生まれるわけではない」のだ。

その一方、単線的なひとつの物語を書くためには小説などのエクリチュールを採用すればいいと考えるのか、ルノードは演劇作品に「複数の物語」が語られる場を求める傾向が強い。たとえば代表作のひとつに数えられる『遺灰と提灯』（九四年）は、太古の先祖から「私」に至る七四世代の想像の系図にしたがって、七四人の登場人物が自らの人生を数行で要約して語る断片の劇である。現在に近づくにしたがって内容は詳細になり、父親と母親の出会いを再現する最終場面のみが「会話劇」の体裁を持っている。あたかも年表のような「非連続の秩序」による作品を支えているのはテクストの軽快なリズムと遊戯性である。

そのほか初期の代表作に『みんなのために』（九五年）がある。この作品は家族や友人を一堂に集めての「お祝い」の大宴会を再現しながら、登場する三六人がそれぞれ異なった理由で「お祝い」をしている様子が三六のモノローグで提示される傑作だ。また『ソランジュ』以降、演劇の新たな冒険に力を入れるテアトル・ウヴェールとの関係を強化して継続的にプロジェクトが進められるようになった。近年の作品には『マダム・カー』（二〇〇二年）、『8』（〇三年）、『道を通って』（〇四年）などがある。また二〇一〇年には同劇場で大規模なルノードをめぐる特集企画が開催され、ミシェル・コルヴァン編集によるルノード作品の研究論文集『新世界のアルファベット地図帳』が同時に刊行された。

本書に所収した『プロムナード』は執筆が二〇〇三年。代表的な上演プロジェクトは国立ストラスブール演劇学校の若き演出家マリ・レモンが取り上げ、〇六年には同じ演出家による試演がテアトル・ウヴェールで、また〇九年には本公演が行われた。この公演は筆者も見る機会をえたが、裸舞台に近い空間に立方体のブロックをいくつも動かしながら多彩な空間を連続的に作り、額縁のような大きな壁をスライドさせながら各場に変化を持たせる舞台であった。きわめて遊戯性の高いシャープな動きの俳優たちが、軽やかにパロディーとファンタジーの間を行き来する秀逸なものであった。

作品の一応の主人公は青年ボブであろう。ボブはマグと別れてパトと知り合い、一緒に暮らし始めるが友人のジムにパトを奪われ、また自身のマリ＝クレールとの二重生活も暴かれて、彼女からも捨てられる。それを助けたのが新しい友人のトムなのだが、ボブはトムの家の石垣から転落して（おそらく死んだのだろう、とレモンが言っていた）しまう。トムの姉夫婦との不思議な病院での会話や、死後のユートピアを思わせるアヒルのいる湖での少女の会話の幻想を経て、ボブ（と思しき人物）がどこかへと最後に消え去っていくという構成になっている。

奇妙な長い題名のついた五つのセクションはそれぞれ異なった文体、構成法を持っている。詩のような場面、会話小説をそのまま劇に転用したスタイル、ボードヴィルのドタバタのパロディーなど、多くの形式が採用されている。「プロムナード」とはまさしくこうしたさまざまな形式を、どこへという目的もなく散策する意であることは明らかだ。現実と幻想、演劇と散文作品あるいは詩、俗っぽい恋愛物語とユートピアなど、いろいろなテクストがハイブリッドに構成されている本作は、いつもながら演劇の条件をひたすら問う、いかにもルノードらしい作品であると言えよう。

なお、ミンヤナとルノードをひとつの巻に併せて収録したのは、両者の作風にどこか通じるところがあるからでもある。たとえばミンヤナの作品を特徴づける、登場「人物」ならぬ「フィギュール」はそのままルノードの作品にもあてはまる特質であろうし、また逆に、ルノード作品に見られる「非連続の秩序」はミンヤナにもあてはまる。こうした傾向が一作家のレベルを超えて、時代の演劇エクリチュールの要請であることを感じとっていただければ幸いである。

（佐藤　康）

フィリップ・ミンヤナ Philippe Minyana
1946年ブザンソン生まれ。フランス語教員を経た後劇作を始める。日常を題材に取り、『財産目録』『部屋』『亡者の家』『簡潔ドラマ集 1、2』などを執筆。現在フランスで頻繁に上演される劇作家の一人。

ノエル・ルノード Noëlle Renaude
1949年生まれ。演劇雑誌の編集者を経て、遊戯性に富む実験的な演劇テクストの執筆を続けている。代表作に『遺灰と提灯』『マダムK』『私のソランジュ、私の災難をいかに書き伝えよう、アレックス・ルー』『みんなのために』など。

齋藤公一（さいとう・こういち）
20 世紀フランス演劇専攻。早稲田大学、慶應義塾大学ほか講師。論文に「アルトー再考」「ピエール・アルベール＝ビロの演劇」「アラバールの演劇」など、共著に『ダシャ単　シルヴ・プレ』（駿河台出版社）。

佐藤　康（さとう・やすし）
現代フランス演劇研究、舞台翻訳家。学習院大学ほか講師。第1回小田島雄志翻訳戯曲賞を受賞。新国立劇場現代戯曲研究会メンバー、「黒テント・世界の同時代リーディングシアター」ディレクター。

編集：日仏演劇協会
編集委員：佐伯隆幸
齋藤公一　佐藤康　高橋信良　根岸徹郎　八木雅子

企画：東京日仏学院 L'INSTITUT 東京日仏学院
〒162–8415　東京都新宿区市ケ谷船河原町 15
TEL03–5206–2500　tokyo@institut.jp　www.institut.jp

コレクション　現代フランス語圏演劇 04
亡者の家 / プロムナード *La Maison des morts / Promenades*

発行日———2011年6月30日　初版発行

*

著　者——フィリップ・ミンヤナ　Philippe, Minyana
ノエル・ルノード　Noëlle, Renaude

訳　者——齋藤公一・佐藤　康

編　者——日仏演劇協会

企　画——東京日仏学院

装丁者——狭山トオル

発行者——鈴木　誠

発行所——㈱れんが書房新社
〒160-0008　東京都新宿区三栄町10　日鉄四谷コーポ106
TEL03-3358-7531　FAX03-3358-7532　振替 00170-4-130349

印刷・製本——三秀舎

ISBN978-4-8462-0379-5 C0374

コレクション 現代フランス語圏演劇

黒丸巻数は発売中

1 **A・セゼール**
クリストフ王の悲劇 訳＝根岸徹郎

❷ **M・ヴィナヴェール**
いつもの食事 訳＝佐藤康
2001年9月11日 訳＝高橋勇夫・根岸徹郎

3 **H・シクスー**
偽りの都市、またはエリニュエスの覚醒 訳＝高橋信良

❹ **P・ミンヤナ**
亡者の家 訳＝齋藤公一
N・ルノード
プロムナード 訳＝佐藤康

❺ **M・アザマ**
十字軍／夜の動物園 訳＝佐藤康

6 **V・ノヴァリナ**
紅の起源 訳＝ティエリ・マレ

7 **E・コルマン**
天使たちの叛乱／フィフティ・フィフティ 訳＝北垣潔

8 **J＝L・ラガルス**
世界の果てに／忘却の前の最後の悔恨 訳＝福田悠歩

9 **K・クワユレ**
ザット・オールド・ブラック・マジック
ブルー・ス・キャット 訳＝八木雅子

❿ **J・ポムラ**
時の商人 訳＝横山義志／うちの子は 訳＝石井惠

⓫ **O・ピィ**
お芝居 訳＝佐伯隆幸
若き俳優たちへの書翰 訳＝齋藤公一・根岸徹郎

12 **M・ンディアイ**
パパ帰る 訳＝住田未歩

⓭ **W・ムアワッド**
沿岸 頼むから静かに死んでくれ 訳＝山田ひろ美

⓮ **D・レスコ**
破産した男 訳＝奥平敦子／自分みがき 訳＝佐藤康

15 **F・メルキオ**
セックスは時間とエネルギーを浪費する精神的病いである 訳＝友谷知己

＊作品の邦訳タイトルは変更になる場合があります。